葬礼组曲

[日] 天祢凉 著

邢利颉 译

◇千本櫻文庫◇

◇前言 PREFACE

文库，原本是指收纳书物的仓库和书库，也指收纳书与记事簿，以及不常用物品的小箱子。以前者为例，京滨急行线的"金泽文库站"就是以前镰仓时代北条氏用来收藏汉书用的，"金泽文库"名字的由来便是如此。东京都的世田谷区也存在着收集着珍贵汉书的"静嘉堂文库"。后者则更多地被称为"手文库"。

江户时代以来，可以放入袖袂的小开本书籍逐渐流行起来，被称为"袖珍本"。明治三十六年（1903年），富山房发行了小开本的丛书，起名"袖珍名著文库"。随后，明治四十四年（1911年），讲述战国时代的猿飞佐助和雾隐才藏系列故事的讲谈社"立川文库"发行出版。讲谈是日本民间艺术，以口语化的方式讲述历史故事的形式。而"立川文库"则是将讲谈收录成册集中出版的丛书，据统计，当时刊行量为200册左右。从那时起，文库就脱离了原本的释意，逐渐演变成了现在的类书集丛。

文库的说法借鉴了日本出版业界的传统说法。而千本樱源自日本奈良县吉野山樱花盛开的奇景，世人皆称"一目千本樱"来形容樱花美景。千本樱文库的纳入作品皆为日系作品，题材包括推理、悬疑、幻想、青春、文化等类型，正如千本樱满山盛开的绝景。

现代日本，以"文库"命名刊行的丛书系列有200种以上，所谓"文库本"只不过是统称而已。日本传统的"文库本",常用的是A6尺寸的148mm×105mm,也叫"A6判"。千本樱文库的所有书籍将在"文库本"的基础上提升,达到148mm×210mm的开本标准。在追求还原日版的前提下,力图带给读者更清晰的阅读体验。

从20世纪70年代以来,日系推理小说逐步进入中国读者的视野。随着时代更替,涌现出了各种不同风格的作家。日系推理能够长久不衰的原因之一,在于设立的各种推理榜单,这些榜单能为日本文坛输送新鲜血液,不断地创作优秀作品。1997年,东京创元社杂志《创元推理》16号,选出"1996年日本本格推理小说Best10"。1998年,侦探小说研究会开始编辑推理小说排行书,同社的年刊开始发行"本格推理小说 Best10",发行三册之后改由原书房发行。本作《葬礼组曲》初版由原书房发行,在2013年"本格推理小说Best10"中获得了第7名,入围第13届本格推理大奖,其中第一篇《父亲的葬礼》入围第66届日本推理作家协会奖(短篇)。

天祢凉是梅菲斯特奖出道作者,作品中透露着少许社会派的思考和本格派的解谜,极富想象力。这是他的第四部作品,想法源自当时编辑提议的"以婚礼或葬礼为主题创作一部推理小说",虽然对这个极端的提议感到惊讶,但天祢凉还是从中选择了"葬礼",积极走访殡葬公司工作人员获取灵感,写出了本作,并获得了意想不到的好评。接下来,就让我们来看看书中财经日报《每日经济·女性版》的采访吧。

千本樱文库编辑部

MULTI-NEW ROUTES OF MYSTERIES

推理的多元新航路

如今，推理已经成为全世界都非常热衷的娱乐元素，冠以推理概念的动漫作品、影视作品、游戏作品更是层出不穷。

随着这些娱乐形式深入到生活的方方面面，作为原生土壤的推理小说却日益被边缘化。为了适应不同时代读者的需求，推理小说也会进行相应调整。因此，世界各国的推理小说都在探索新的内容与形式。

不同的时代会涌现不同风格的文学作品，推理小说也无法脱离时代背景。在经济全球化愈演愈烈的现在，推理也在多元化的大航海中不断开辟着新的航路。所以，我们不仅要挖掘深埋于历史中的名作，也要竭力推广优秀的新作品。

从某种程度来说，奖项和销量是衡量一部作品的重要指标，获奖作品与畅销作品代表着所处时代的文化趋势。但是，任何时代都有很多充满创作热情的作者，他们的作品或许没能满足当时市场的需求，却同样富有个性与魅力。

"推理的多元新航路"旨在敢为人先，在发现、传播新人佳作，为推理文化注入活力的同时，我们也想将埋藏于历史的杰出作品传递给热爱推理文化的读者，宛如大航海时代一样，联结古今文化，共享推理盛宴。

 千本樱文库

目录
CONTENTS

《每日经济・女性版》 / 001
二〇××年×月号

父亲的葬礼 / 005

祖母的葬礼 / 061

儿子的葬礼 / 127

妻子的葬礼 / 183

殡葬公司的葬礼 / 241

《每日经济·女性版》
二〇××年×月号

所谓"葬礼",曾经是人们吊唁故人的仪式。近来,由于直葬模式[1]成了常态,葬礼便被略过了。不过,在远离本州的S县,传统的丧葬风俗仍延续至今。

本期《职业女性》专栏中,记者采访了S县当地某殡葬公司的社长——北条紫苑小姐。

记者:日本现在一般以"直葬"模式送逝者最后一程,省略了诸多中间环节,但S县还保留着举办葬礼的传统。我想请教您,这其中有什么原因?

北条:大约从××年前起,越来越多的人认为没必要举办葬礼。与此同时,一些不遵守职业道德的殡葬公司和僧人向遗属们索要不合

---

[1] 直葬是一种丧葬模式,传统葬礼会在死者入棺后由亲朋好友守灵,举办追悼会,随后火化,而直葬是在入棺后直接火化,省却中间的流程,可以减少大量的费用和人力,正在逐渐普及。——译者注

法的报酬,再加上经济形势很不景气,"不需要葬礼"的言论便急速扩散了开来。政府听取民意,引入了"葬礼税",意在遏止葬礼。如果有人想办葬礼,就必须缴纳高额的税费。然而,当时的S县知事[1]——漆原知事提出了自己的主张,宣称"葬礼是一种文化",并出台了《葬礼扶持条例》,为葬礼提供补助金,抵充葬礼税,S县的县民因此得以无税举办葬礼,S县也吸引了殡葬行业的企业与从业人员陆续入驻,成为日本唯一举办葬礼的地区。

记者:日本之所以能顺利实现丧葬模式的变迁,没有遭遇强烈抵制,是因为无宗教信仰的国民居多。许多人更是以"丧葬从简"为荣。那么,S县为何非要沿袭传统呢?

北条:这很难用语言表述清楚,亲身体验一次才是最直观的,但参加葬礼的机会相当难得,对吧?只是,从S县县民的角度来看,理当为逝者举办葬礼。直葬的话,人们无法好好与逝者道别,心中总会留着惦念。当然,我父亲生前也经营着殡葬公司,我可能是受了他的影响,才会抱着这种观念。

记者:北条社长,您接手公司,是您父亲的遗愿吗?

北条:不,他没提过,是我觉得这份工作十分有价值,便在二十二岁那年接手了公司。

记者:您继任的时候那么年轻,对工作秉持着怎样的信条?

北条:我向自己尊敬的业界前辈学习,总是思考着要如何做,方

---

1 知事是日本都道府县行政区的首长名称。——译者注

002　葬礼组曲

能办成对遗属而言最理想的葬礼。虽然我的能力不够优秀，可每次听到遗属们说满意时，我都会由衷地感到高兴。

记者：相应地，您的工作很辛苦吧？

北条：说不辛苦是骗人的，毕竟殡葬行业的从业者以男性为主，我身为女性，的确有各种不易。可是，我热爱我的工作。只要我有时间，便会去同行的公司帮忙，边干边学，比如主持葬礼、担任接待人员、用鲜花布置祭坛、运送遗体、驾驶车辆等。对了，还会在仪式结束后打扫会场。

记者：这对贵公司的正常业务有影响吗？

北条：我会努力兼顾。我司员工也提醒过我注意分寸。

记者：您这么忙，也许没时间关心自己的婚恋大事了。

北条：嗯……我倒是没想到您会关心这方面的问题。确实，我本人没有主动参加过男女交友活动……相亲倒是另当别论（笑）。但就算结婚了，我也打算继续经营自家的公司，就像我刚才说的那样，我热爱我的工作。

采访至此告一段落。

北条紫苑小姐是一名外柔内刚的女性。笔者虽未参加过葬礼，可北条小姐负责操办的葬礼想必会是一场细致周到的庄严仪式。

然而，如今放眼全国，已很难找见传统的殡葬公司，取而代之的是提供直葬服务的新型直葬公司。再加上全球的经济并没有复苏重振的迹象，据闻S县也越发关注直葬模式。北条小姐将如何克服时代造成的难关呢？

1

再过一会儿就是十二月十四日了,而我在此刻收到了父亲去世的消息。

父亲名为久石米造。之前就听哥哥贤一郎提起,他老人家两年前肺部情况恶化,在等墨久藤医院接受治疗,反复住院。

哥哥每次打电话来,都会对我说:

"雄二郎,回来一趟吧。心里有再大的疙瘩,只要见了面,总能化解的。我们是一家人,要和睦相处!要是老爸有个三长两短,那就太迟啦。"

不过,我们兄弟若真的见了面,看他一副心平气和的样子,我八成会放松警惕,软化态度。可这次通话,我却听到他呜咽着道:

"我刚才在医院,医生说老爸突然病危……"

我能做的唯有敷衍地附和一下,说几句贴心话,然后准备挂断。没想到哥哥继续哭诉着:"当面聊聊行吗?真是拜托了!"

而后,他告诉我,父亲去世了。这下,我只好回去奔丧了。

我在老家——S县等墨市的机场租了车,一边握着方向盘,一边看向窗外，只见睽违七年的故乡没多大变化，依旧是我记忆中的乡下小城。行道树的树皮饱经风吹日晒，更平添了萧瑟之感。我过去就一直生活在这种地方。

一阵持久且响亮的汽车喇叭声打断了我的感慨，一辆黑色的大车从某栋沿街住宅中驶出，车子周围站着一群身穿丧服的人。

没错，这是葬礼。想不到这年头还有人奉行这套习俗。

我忍不住自言自语：

"真让人意外。"

但下一秒，我突然意识到，难道哥哥也打算替父亲举办葬礼？

我回到家时，午时已过。

家门口还挂着"久石酒铺"的招牌，屋里也仍是一派陈旧气息，昭示着铺子那悠久的历史。

哥哥出门迎接我。除了岁月在他脸上留下的些许痕迹，他几乎没变样。

他带着我走向设在家中的小佛堂，父亲的遗体躺在被褥里。

"好好看看他吧。"

哥哥催促着我。

可我只瞥了一眼，就怒不可遏，根本没法直视父亲那张脸。

久石家祖祖辈辈都在这里做酿酒生意，父亲是第八代，性格顽固，不讨人喜欢，偏偏他酿造日本酒的手艺在业内占有一席之地，绝不使用任何人工添加剂，仅靠天然微生物发酵，不管是普通酒客还是资深品酒师，都对他酿的酒赞不绝口，他也以此为荣。

我小时候很喜欢他，从小学起就会小口小口地咂着日本酒，和他一起嘻嘻哈哈，谈天说地。而且我的味觉尤为敏锐，喝酒时总能猜出它们的品牌。只是碍于国家规定未成年人不得饮酒，我不能将此事四处宣扬。

说实话，我对酿日本酒是感兴趣的。可在小孩子看来，酿酒工一年到头窝在仓库里，闻着酒精味，唯唯诺诺地听从酿酒师的指示，实在是太没出息了，一点也不帅气。再加上受哥哥的口头禅影响，我注意到了设计行业，梦想着有朝一日成为设计师。

父亲知道我的志愿后，勃然大怒。在我十八岁那年的冬天，他喝得醉醺醺的，比平时更激烈、更口不择言地痛斥我：

"你压根儿没有设计天赋！就算当了设计师，你这种没能力的家伙肯定也收不到任何委托，最后会落魄得饿死在马路上！"

他说完这句话后，我立刻对他大打出手，他愣在原地，过了一会儿才撇着嘴说：

"不理解父母苦心的人都是废物，立刻滚出去！"

高傲了一辈子的人，竟然这么简单就死了。

哥哥大概是看出了我的心思，说道：

"他的肺出了问题，整个人一下子苍老了，很少去仓库工作。酿酒的活计全交给杉叔了。"

他的声音听起来满是悲伤与疲惫。

他口中的"杉叔"名叫小杉哲夫，此刻正挺直着身子，跪坐在父亲身旁，默默地对我行了一礼。

若是把酿日本酒比作运动项目，酿酒师即是团队中的教练，而酿酒工则是场上的选手。父亲把团队打造成了他的"一言堂"，将酿酒工当成工具使唤，结果自然招致不满。杉叔是难得和父亲合得来的人才。

有杉叔这个外人在，我总得顾及颜面，便双手合十，姑且对父亲的遗体行了个礼，但照样坚决不看父亲的脸。

礼毕，我问哥哥：

"准备什么时候火化？现在是冬天，遗体相对不容易腐烂，不过放久了也不好吧？"

"或许吧。只是我另有打算……当然，你离开老家那么久，多半不会赞成……"

唉，果然被我料中了。我简直恨不得仰天长叹。

"雄二郎，我想举办葬礼，送老爸离开。"

哥，你没开玩笑吧？

我又在心里念叨着。

当我还住在老家时，就隐约对传统葬礼抱着微妙的观感，而在我离开S县，去了设计公司之后，这种感觉变得清晰了起来。

有一次，我的上司请了半天假，理由是他母亲头天晚上去世了，这天要去火化。次日，上司又按时来公司上班。这自然不是因为工作太忙，顾不上休丧假，单纯是他已经料理完了丧事。

那是我第一次接触到直葬，大为震惊，不由问道："丧事可以这么草率吗？"

上司则颇有感触地说："我在家设了祭坛，将亡母的牌位摆在上面，每天下班回家都会对着牌位行礼。"看来，他并没有忘记故人，还是将她放在心上。

渐渐地，我发现身边的人全是这么做的。起初，我觉得他们很有格调，而不久之后，我也认为这种做法理所当然。

如今，我甚至可以大声表态——葬礼没有好处、没有用处、没有任何意义，为死人花再多钱都于事无补。

哥哥好像又一次看出了我的想法，道：

"我知道你反对。不过老爸留下了遗言。他说，万一他有什么意外，希望能请一大群人来送送他。他还调查了殡葬公司的资料，提前拜托了人家给他操办葬礼。我和那家公司的人见过几面，感觉他们确实不错。老爸病重，走得很痛苦，他们第一时间来给他的遗容上妆，让他看上去平和了不少。所以我愿意相信他们。你意下如何？办场葬礼也不坏吧？我们是一家人，就遂了他老人家的心愿呗。"

"行，按你说的办。"

我固然有些不情愿，但又不忍为难哥哥，所以很爽快地推了他一把。怎料他脸上还是愁云密布。

我不解地问道：

"怎么了？高兴点嘛。办葬礼本来就不需要我点头，哥哥你才是丧主[1]，你想怎么办都行。"

"不……"

哥哥沉吟片刻，像是下了决心，继续道：

"丧主不是我，是你。老爸临走时指名要你来当丧主。"

"啊？！"

杉叔一下子喊出了声，仿佛情绪失控，我却哑口无言，大张着嘴，老半天憋不出一句话。

"贤一郎，你是说真的？大师傅这么讨厌雄二郎，当他是个祸害，还说与其见到那个不孝子，他宁可吃一堆泡菜，把舌头辣麻了再品酒。他怎么可能做出这种决定？！"

一贯沉默寡言的杉叔此刻十分狼狈。他过于惊讶，直接说出了心里话，忘了我这个当事人在这里。

"杉叔，看来你不知道老爸指定了丧主啊！"

哥哥叹道。

杉叔这才回过神来，讪讪地点了点头，答道：

"嗯……我不是在怀疑你，是完全没想到大师傅会留下这样的遗言……"

---

1 丧主即丧事的主持人，旧礼法中，嫡长子为丧主，无嫡长子，则以嫡长孙为丧主，若都没有，便依次以五服内亲人、邻里等担任。——译者注

父亲的葬礼　　011

"我也一样。哥,你真没听错?"

"没有。老爸说得很清楚,丧主是你。"

"还有谁听到了?"

"就我一个。可老爸的的确确是这么说的。"

哥哥语气坚定,不过他只是盯着父亲,始终没有看向我。

我忽然想起了一件童年往事。

那时,我们兄弟二人刚去医院探望了住院的母亲,正走在回家的路上。

我握着哥哥的手,问道:

"哥,妈妈会平安回家的吧?"

哥哥抬起头,看着被夕阳染成浅红色的天空,回答说:

"会的哦。下礼拜应该就能出院了。"

没错,哥哥从小便是这样。

即使七年没见,他依然是他。

"雄二郎,拜托你听从老爸的遗言,担任丧主。只要在葬礼上这么做就行了,之后全交给我。老爸心里是想跟你和好的。他希望你能明白他的心意,所以要求你当丧主。不然的话,也不可能把三百万日元的丧葬费全交给你。"

什么?

我很纳闷儿,哥哥还在往下说:

"你当年独自离开了家,后来靠自己创立了设计公司,肯定比我

 012　葬 礼 组 曲

们更清楚该如何花好每一分钱。老爸想必也是这么认为的。"

"你刚才说多少？"

"嗯？"

"丧葬费。"

"三百万日元。"

"真的吗？没弄错金额？"

"没弄错啊……"

这间小酒铺怎么可能有这么多存款？话说回来，父亲每次住院，都挑单人病房，平时的穿着也不便宜……不，这些全是小事，关键是，他把整整三百万日元托付给了我。

言下之意，就是我能随意使用这笔钱。

我咽了口唾沫，尽可能摆出一副愁苦的表情，道：

"既然如此，那我也没法推脱了。我们当年确实大吵了一架，可他好歹是我父亲，我会尽力张罗的。"

杉叔的神色中依旧带着纠结，哥哥倒是松了一口气，忙不迭地谢我：

"谢谢啊！雄二郎，谢谢你！"

可是，他仍然没有看我的眼睛。

哥哥领着我往接待室走，说殡葬公司的人已经等在那里了。杉叔表示那是遗属和殡葬人员的深入交流，他一个外人不好参与，便继续守着父亲的遗体。

据说，殡葬公司通常会在逝者去世后几小时内找到遗属，商量葬礼上的各种流程和细节。不过我作为父亲的丧主，没能及时赶来，哥哥便和对方协商，把谈话时间延到了今天。

"我们给人家添麻烦了，真对不住他们。"

"哥，你人也太好了。殡葬公司一有机会就想方设法从遗属手里坑钱，脸上写着'贪财'两个字，让他们多等等也没什么。"

我表达着对这个行业的轻蔑，走进了接待室。怎料一进门，便看到一名年轻女性，年龄目测在二十五岁左右，和我差不多。她优雅地向我们鞠了一躬，道：

"请二位节哀。"

她有着一双特别的眼睛，瞳如乌墨，眼神清澈，给我留下了深刻的印象；她唇边挂着沉静的微笑，却又像是为我们感到哀伤，总之极为不可思议，仿佛是鲜活的花朵染上了幽暗的夜色。

她梳着盘发，那头秀发放下来的话，估计很长；颈子纤细，透出一股清丽的风韵。我有些不好意思，赶忙别开视线，嘴上连连说着没事，同时和她交换了名片。

"我是北条殡葬公司的社长北条紫苑。"

她自我介绍道。

社长？这么年轻的女性竟是社长，而且还从事着殡葬行业？我颇感意外，但紫苑小姐待人接物的态度非常客气，散发着坚毅的气质。

 014　葬礼组曲

也许她只是看上去苗条又娇小,实则经历过各种纠纷,可谓"久经沙场"的老将。

"逝者生前就找我们沟通过葬礼的相关事项,我还在病房里听他说了好些话呢,岂料告辞后仅仅几个小时,他的情况便突然恶化了。我希望能尊重逝者本人的意愿,协助您举办一场饱含心意的葬礼。这二位是本次的具体负责人。"

待她说完,站在她身后的两名男性也与我交换了名片。见她不直接负责我父亲的葬礼,我虽有些失落,不过面对同性,交流起来没什么顾忌,倒也方便。

其中一人名叫新实直也,和紫苑年纪相仿,说不定还比她小一些,五官比较中性化,脸上架着的银框眼镜很适合他的相貌与气质,给人以一种沉稳感,估计不会在费用上耍花招。

问题是另一人。

他年过五旬,身材中等,相貌平凡,混入人群中绝对找不出来。从言谈举止上看,他已经十分习惯这种场合了,大概是个资深从业者,乍看之下甚是可靠。

可他的表情很奇妙。

他为商议正事而来,所以神情自然是严肃的,但就是透着几分可疑。

不久后,我便明白了。

问题出在他的眼睛上。他似乎用力眯缝着眼,以免被人透过眼神看出他的意图。

再者，他的名字也不寻常。

听到他自报姓氏时，我猜不出是哪两个字，不得不看向名片，结果上面印着——

"北条殡葬公司 馅子邦路"

从发音上来说，"馅子"和"红豆馅"同音，"邦路"和"焙茶"同音，让人不禁联想到了清香的焙茶搭配甜蜜的红豆馅儿点心。

真是个可口的名字，不知道是不是他的本名。

"请多多指教。"

新实说着，对我鞠了一躬，馅子没出声，同样行礼致意。

难道负责把关的是新实吗？

"贤一郎先生已经准备好令尊的死亡证明了。雄二郎先生，请您先在这里做个登记。"

新实递来一份A4纸，标题为《葬礼事项清单》，内容则是"守灵夜、追悼会的举办时间""是否有宗教方面的特殊需求"等有待确认的项目。

最常见的佛教式葬礼包括以下流程：

先是从傍晚起持续一整宿的"守灵夜"。开场时由僧人诵经约一小时，来客到场听经、上香。随后遗属在灵堂守夜，确保线香不熄灭，这也是遗属最后一次陪伴逝者（有些遗属只请僧人诵经，自己并不陪夜）。次日白天举办"追悼会"，与逝者做最终的告别，之后进

016　葬礼组曲

入火化环节，整套葬礼结束。

依照传统，参加守灵夜的只有逝者的近亲，吊唁是在追悼会上完成的。不过现在少了许多讲究，不同仪式间的区别不像以前那么明显。

"令尊的遗体预计在后天下午两点火化，因此守灵夜暂定于明天傍晚开始，追悼会是后天上午。逝者曾表示，希望能请一大群人来送送他，我们可以提供大小合适的场地。"

"后天？那么晚？就算今天来不及，明天不也能火化吗？"

我并不想在这里久留。

"我们一收到逝者离世的消息就联络了殡仪馆，可焚化炉最早要到后天才有空位。"

对方答道。

我暗中起疑，他们真的及时联络了殡仪馆吗？

"算了，我的日程倒没那么紧。但有一点，我想提前说清楚。"

听我这么说，新实从胸前的口袋中取出了圆珠笔，准备认真做记录，我却制止了他，直言道：

"不需要大规模的葬礼，光是我们家的人送别他就够了。您不必租借大场地。"

"雄二郎，你说什么呢？！我们家就剩我和你，怎么能只有我们兄弟俩参加？当然，杉叔他们在老爸手下工作，和他处得像家人一样，但老爸明明想把大家都请来，即使算上杉叔他们，人数也远远不够啊。"

"把葬礼办大又能怎样?没人会来的。哥你最清楚了,我们老爸的人缘儿不好,要是特地挑了大场地,结果空空荡荡的,那光景该有多凄惨。"

我解释道。

哪怕当着殡葬公司员工的面,我也有必要让哥哥认清事实。

"可老爸的遗言……"

"如果遵守遗言,大操大办,到时候只会让他丢脸。哥你能接受?真为他着想的话,安排家人送送他就够了。你不这么觉得吗?"

哥哥没再说话,我见他接受了我的观点,才重新对新实开口:

"叫您见笑了,然而,我们父亲就是这么个情况。"

新实则提高了音量,答道:

"……您稍等,我们之前和逝者本人谈过,所以很确定他一心要举办大型葬礼。您虽是他的亲生儿子,可这么不顾他的意愿,似乎也不妥当……"

"我不知道我父亲说了什么,但丧主是我。"

听我语气如此强硬,新实握紧了手中的圆珠笔,镜片后的眼神变得冷峻而迫人,完全不像是在接待客户。难道他只是看似沉稳,实则急躁?我正想重申这么做是为父亲着想,却意外出现了"援军"。

"新实,雄二郎先生说得莫错,他才是丧主咧,你得尊重他的意见。"

 018　葬礼组曲

开口的是馅子邦路。他用低沉的声音打着圆场,替我说话。

我之前并未注意到,他带着奇怪而独特的口音,怎么听都是没在关西生活过的人自学的关西话。这种莫名的幽默感,再加上刻意眯缝的双眼以及食物似的名字,皆让人不知该如何应对。

"雄二郎先生,是咱们失礼了呢。就尽量往省钱、实惠的方向讨论葬礼方案吧。"

"馅子先生,逝者本人的愿望怎么办……"

"逝者和遗属的意见有分歧时,肯定要以遗属的想法为重。毕竟费用是他们支付的。他们先付费,咱们再用这笔钱来安排葬礼,明白吗?"

哥哥和新实脸上都流露出了些许困惑,唯独紫苑面无表情,冷静得甚至有些不合时宜。

我倒是很满意。馅子八成是发现我不好对付,不再惦记着强买强卖。

"葬礼嘛,说到底也是生意。我经营了一家设计公司,所以不是不懂规矩的人。还请你们干脆点,直接按收费标准来沟通。说回会场——我们可以不去外面租场地,而在家里办仪式吗?"

我把话题拉了回来。

"哎哟,这可使不得呀。"

我得花点时间才能理解对方的意思,反驳道:

"……此话怎讲?我再强调一次,丧主是我,出钱的也是我。听

父亲的葬礼 019

您方才的话，应该是认同这一点的，现在怎么又不同意了？"

"在自家举办葬礼费用更高哦。租场地的话，支付租金就完事了，在自家得先按追悼会现场的规格来布置房间，还要额外叫人来帮忙装饰祭坛、在室外搭建接待吊唁者的棚子等，总之可麻烦了。确实有人会误以为自家才便宜，但实际上真不如租场地来得划算。"

馅子好一通解释。

我心里明白，自己是第一次担任丧主，对这方面一无所知，即使被对方指出错误，也不必觉得丢人。只不过在哥哥面前遭人点破，我的脸上还是热辣辣的。

"原来如此，谢谢指教。但我们不需要帐篷，反正家里没几个人，用不着正儿八经地接待。"

"不，会有吊唁者来的，而且人数众多。"

"我说了不会。我父亲没这个人缘儿。"

像他这样手艺高超却没人敬仰的酿酒师也是少见。

会酿酒的又不止他一个。每当别家的酒酿成，且和他的作品属于同一类时，他都会找来酒类评论家，要求他们给出苛刻的评价；如果有年轻的酿酒师受到媒体宣传，他会心生嫉妒，散布一些不知真假的小道消息，打击人家的名誉。而在自家的酒销量不理想时，他又会找各种借口，比如营销做得不好、商品陈列方式不佳、消费者没有品位等，反正从不反省自身。

就他这种性格和作风，手底下的酿酒工长则干三年，短则干两

020　葬礼组曲

周,都必定会辞职。我实在想不到他有什么优点,能让人愿意送他最后一程。

"咱们理解您的顾虑,可逝者身为老铺的酿酒师,交友圈很大,业务合作方也多。"

馅子还在解释。

"不给他们发讣告,不就没人知道了吗?"

"已经通知他们了。老爸是个优秀的酿酒师,人不在了,总得知会相关人员。"

哥哥赶忙说道。

我好不容易忍住了咂舌的冲动。

"雄二郎先生,您顾虑到逝者的面子,准备只让家人参加葬礼,这自是有您的考量。然而,就算按逝者的遗言,举办大规模的葬礼,其实也不会给您添麻烦的。若是您依然坚持在自家办,咱们是没问题的,就是费用贵些。您看如何?"

"……看来我横竖是没得选了。"

接着,我认真填写那张项目清单。

做计划比我想象的更花时间。

我想努力节省费用,结果都会被馅子挡下来。

"我不希望花钱弄祭坛,你们买点鲜花,在现成的设施上装饰一下就行了。"

"明白,可是贤一郎先生之前跟咱们提过要求,咱们昨晚便下了订单,订了一些装饰品。"

"给吊唁者的回礼?每人一条毛巾吧。"

"考虑到您家今后的生意,咱建议您列一份礼单,让吊唁者自己选择想要的东西。"

"诵经之后还要安排宴席,意思是我们还得请客吃饭?那至少别买酒了。我家是开酒铺的,日本酒要多少有多少。"

"有人不爱喝日本酒,也有人是开车来的,还是备上啤酒和茶水为好。"

诸如此类的对话一再重复,每次均是我败下阵来,费用也节节攀升。

到最后,总额估计有二百五十二万日元。

"我原本心里也没底,但现在放心了。有了这场葬礼,老爸便能开开心心地走完最后一程。"

在送北条殡葬公司的人出门时,哥哥脸上带着满意的表情,完全没意识到父亲留下的三百万日元差不多全被他们榨干了。

"那个假关西人真够呛,光是商量就花了三个多小时。"

我恨恨地骂了一句,然后用力伸了个懒腰,说:

"哥,我累死了,去睡一会儿,吃晚饭的时候叫我一声。"

"你现在睡不了。"

我一愣,刚想问是不是家里的被子不够用,哥哥却继续道:

"老爸还有别的遗言,你跟我来。"

2

这第二条遗言的内容其实很简单。

父亲曾随手找了几个瓶子,装了质量达不到销售标准的浊酒[1],存放在家中主宅的地下室里。他要求我们把那些浊酒灌入龙酒的瓶子里,带去葬礼会场,摆在遗像周围。

"龙酒"是久石酒铺的一款拳头产品,瓶身做成龙形,瓶壁是无色透明的。一旦换成浊酒,整体看起来便宛如一条白龙。

而为了避免浪费,他还指示我们将失去容器的龙酒灌进那几个原本装浊酒的瓶子,低价卖掉。

所以,我们要先把龙酒倒进其他空瓶,往龙酒瓶子里倒入浊酒,然后洗净腾出来的浊酒瓶子,最后把暂存在其他空瓶里的龙酒倒入浊酒瓶……光是这些步骤就够费劲了,酒瓶子的瓶口还又细又小,操作时必须小心翼翼,免得倒漏了。

这些确实不是难事,但都是麻烦事。

我怎么非得花这工夫呢?

---

[1] 浊酒是日本酒的一种,特点为浊白色的酒体以及带有一些固体的沉淀颗粒,因为在酿造过程中使用网目较大的布制酒袋进行过滤,能充分表现出米的特质。——译者注

哥哥再次看穿了我的心思，劝慰道：

"别生气了，就当是为家人做点事吧。"

于是，我们在主宅的厨房里铺上报纸，搬来那些瓶子，开始了枯燥的换瓶灌酒工作。

"用白龙装饰遗像……老爸就喜欢这套呢。"

"哥，这说明老爸认可了你的设计，你很开心吧？"

我举起了龙酒的空瓶。

那是哥哥设计的，他从小爱画画，美术成绩优异，品位也出色，不过他归根到底只是业余爱好者，我这个专业人士便先入为主地认定了他拿不出什么优秀的作品，但正是因此，我当时才会大吃一惊。

三年前，哥哥打电话给我，说：

"我们铺子要定制酒瓶，我想省点预算，自己画了设计图，你能帮我看看吗？我记得你以前在家时，也设计过酒瓶子。"

然后，他用电子邮件发来了稿子。

画中的酒瓶颇具独创性，整体也很协调，我根本提不出意见。

龙酒的酒瓶就这样诞生了。父亲非常中意它，我能理解他为什么想用它们来装饰祭坛。

随即，我下意识地看向了父亲随便找来装浊酒的瓶子。

"老爸也没有认可啊，只是我的设计刚好符合他的喜好罢了。"

这次，哥哥倒没能察觉到我的心思。他脸上表情不变，可似乎还是有些喜形于色。

所以，这关于酒瓶的遗言到底是怎么回事？

"哥，你真是口是心非。"

我随口道。

哥哥却一边用清水冲洗着装浊酒的瓶子，一边微笑着说：

"你才是吧，就跟老爸一个样。老爸也很不坦率，总是不愿承认你获得了成功，最后的最后还在说，'雄二郎那小子没有设计天赋。'"

"这大概是他的真实想法，而不是心口不一。"

即使我获得再多好评，斩获再多奖项，还独立开业，成立了自己的设计公司，为著名西服生产商"花气球"设计商标，他也不会夸一句好。

在他眼里，我是个非常不可靠的无能之辈。

"唉，那是在说违心话呢。他指名要你当丧主，证明他心里早就认可你了。"

"哥，你当真这么想？"

"当然啊。"

哥哥说得爽快，同时别开了眼神。

七年的光阴，愣是没对他造成任何改变。

"我是个不成才的酒铺学徒，老爸多半不放心让我当丧主。杉叔教了我很多东西，可我只会给他添麻烦。"

听到哥哥的牢骚，我无法正视他，索性集中精神，更换酒瓶。

次日下午五点，我抵达了等墨殡仪馆。

这种兼有追悼会礼堂和焚化炉的设施被称作殡仪馆，但如今，它似乎是S县所独有的，而国内其他地方仅设有火葬场，唯一的功能即是火化遗体。

殡仪馆的楼以白色为主色调，看起来很是干净、整洁。馆前放着告示牌，上面用毛笔写着"久石米造老先生葬礼现场"的字样，字迹非常漂亮。只是我很意外，时至今日怎么会有人亲手书写告示牌，用电脑软件处理可快捷多了。

遗属们先进入休息室，和馅子一起对守灵夜的流程做了最终确认。新实也在场，不过只和我们打了个招呼，接着便不再开口。看来我昨天猜错了，主要负责人是馅子，而非新实。

我作为丧主，需要在诵经与上香的环节完成后，代表遗属致辞，再招待各位吊唁者去用餐。

馅子讲解时，几乎没人插嘴，所以对话在五点十五分便顺利结束了，守灵夜则会在傍晚七点正式开始，接下来这一个多小时既不够办其他事，干等着又无聊，我便开口道：

"不知会场布置成什么样了，我想去看看。"

馅子一边说还没完全准备好，一边答应了我的要求，给我带路。

那是一间足以容纳三百人的大厅，左右两边摆放着椅子，每排十把，排列得整整齐齐，中间留出了一条通道，前方是祭坛，父亲的遗像也安置在祭坛上，只见画面里的他一脸严肃，视线向下，仿佛在睥睨众生。这张照片如实反映了他与生俱来的顽固性格，一点也看不出是遗像。哥哥只说提前把照片交给了北条殡葬公司，但我并没有亲眼看过。

"一般来说，都会用面带微笑的照片做遗像吧？"

"咱们提醒过咧，不过贤一郎先生无论如何都要用这张照片，逝者本人也说过，长子挑哪张就用哪张，他不会过问。"

馅子说明了原委。

我心想，父亲真该事先确认一下照片。

再看祭坛，遗像旁放了八瓶酒，龙形的透明瓶子中装着浊酒，活像八条威风且优雅的白龙，令祭坛更显庄严。

紫苑指挥着一名高大的男子，用花朵装饰祭坛：

"高屋敷先生，再往右一些……没错，这下感觉就对了。谢谢。"

"高屋敷"应该是这名男子的姓氏。以服务业的标准来看，他的头发略长，不苟言笑，听到紫苑的道谢也无动于衷，只是绷着一张脸，默默点点头，从梯子上下来。

他刚才在摆放一些紫色的鲜花，每朵小花都有五片花瓣。

"请问这是什么花？"

"马鞭草[1]。就是之前贤一郎先生委托咱们去订的花卉。听说逝者生前最喜欢这种花，还特地嘱咐了一定要用它们来装饰葬礼会场。"

---

1 马鞭草是一种多年生草本植物，可入药，具有清热解毒、活血散瘀、利水消肿的效用。它会开出紫色或白色的小花。——译者注

于是，咱们作了这些布置。"

父亲怎么可能喜欢这么小巧动人的花？加之这项信息是他们"听说来的"，我从中瞧出了端倪，问道：

"这件事是我父亲亲口说的吗？"

"这倒不是，咱们是听贤一郎先生说的，有啥子问题吗？"

"不，没什么。"

原来是这样啊。老哥要是不多管闲事的话，或许还能再省些费用……

算了，还是不要深究了。先集中精力熬过守灵夜和追悼会吧。

这样的话，一切都解决了。

过了一阵子，吊唁者来了，而且人数众多。

馅子昨天就预告过了，我当时不信，只觉得不管父亲是多么优秀的酿酒师，他在为人处世方面都不入流，会场势必会冷冷清清，看不到几个人。

事实证明，是我错了。

"守灵夜将在七点正式开始，有请诸位进入会场——"

现在是六点五十五分，馅子大声念着通知，而会场的入座率已经过半，我简直怀疑自己的眼睛出了问题。即使我坐在最前排的遗属专座上，也意识不到这是我父亲的葬礼。

"久石米造老先生的葬礼正式开始。"

馅子清朗的声音响起，僧人也诵起了经，却还是不断有人到场。考虑到一部分吊唁者上完香便打道回府，实际来人可能超过了会场的容纳上限。

我理智上明白，无论这些人和我父亲的交情是深是浅，总之他们全是为了吊唁他而来，但感性上依然觉得这番场面毫无真实感。

"请丧主及遗属上香——"

听到馅子的指示，我们站了起来。按正式的流程，得等僧人诵完经后方可上香，不过吊唁者过多时，工作人员似乎会灵活调整，让诵经和上香环节同步进行。

会场里回响着诵经声，我们走向祭坛。第一个上香的应当是身为丧主的我。没有人挡在我面前，板着脸的父亲也只存在于遗像中。

他的眼珠子仿佛在转动，用眼神对我说——这场葬礼是我来世上走过一遭的证明。雄二郎，如何啊？什么人缘不人缘的？对男人来说，那种东西只是锦上添花，而不是人生的必需品。

是的，照片不可能动，不可能说话。可我的大脑却坚称这是现实，坚称我的眼睛看见了这样的画面、我的耳朵听见了这样的话语。

我赶紧上完香，扭头走向自己的座位。途中，我朝会场瞥了一眼，发现身穿黑色丧服的人成排坐着，其中固然以老人为主，而貌似"上班族"的中年人和年轻男女也意外地多。这个没上年纪的群体大概就是馅子提到过的"业务合作方"们。我正准备坐下，却突然感受到一道视线落在我身上。

我不明白那道视线中所蕴含的感情，只是有一种十分不快的感觉。

我甚至不知道是谁在这么看着我，唯一能确定的是，对方并非北条殡葬公司的社长或员工，而是某位吊唁者，望向我的眼神中满是厌恶。

我试图将它当成错觉，但那眼神犹如蜘蛛丝一般黏在我的意识上，丝毫不打算离开。

"今天参加久石老先生葬礼的来客众多，因此，恳请各位上一次香即可。"

馅子及时提醒着排队上香的吊唁者。

"诸位能拨冗前来，我父亲泉下有知，一定也很高兴。"

我作为遗属代表向到场所有人致辞。

可无论仪式进入哪个环节，无论工作人员、吊唁者和我在做什么，那道视线依旧每分每秒都附着在我身上。

诵经上香的仪式结束了，守灵夜的场面很快就热闹了起来。很多吊唁者没有直接回家，而是选择留下来用餐。大号的餐碟中盛满了菜品，我们还按馅子的建议，不仅呈上了自家酿的日本酒，同时也准备了啤酒和茶水。食物酒水的量很大，消耗得也很快。

我靠在墙上，愣愣地望着谈笑风生的人群。哥哥和杉叔在挨个儿向吊唁者们打招呼，我本该和他俩一起行动，可在场的全是陌生人，我根本插不上嘴。再者，当丧主时的紧张感远超我的预期，更何况我还始终承受着那道神秘且怨恨的视线，此刻已是身心俱疲。

只是那视线仍没有放过我。究竟是谁对我抱着这种莫名的情绪？

"哎哟，是雄二郎啊！"

一名微胖的男子向我走来，他刚步入老龄，发须皆白，可面色黑里透红，显然是喝多了。

"雄二郎，你还记得我吗？我是平洋酒铺的高桥。"

"嗯，我当然记得您。"

我撒谎了。其实我只记得他的姓氏和身份，应该是S县酿酒协会的会长。

"我听说，你去了其他城市，当上了设计师呢！真有出息呀！"

"承蒙您的夸奖。"

"雄二郎，米造老兄平时故意不肯提你，结果你还是今天的丧主，世事真是无常啊。"

听到高桥这么说，我总算意识到了他话中的恶意。

"其实，我只是遵循了父亲的遗言。他指名要我当丧主。"

"哈哈，挺符合他的作风的。他大概是想跟你和好。"

哥哥也是这么推测的，而高桥还没说完，又继续道：

"你怎么就偏偏不理解米造老兄的用心呢？不觉得丢人吗？"

他在说什么？

"你这当儿子的，离开家这么多年里，从没考虑过你爸的心情是吧？不孝啊——"

他依然谴责着我。

"话虽如此，可我离开后，就没跟父亲说过话了。"

"你不能主动联系他吗？"

这家伙怎么回事？他哪来的权力和资格，可以喷着满嘴的酒臭味"教育"我？

"我只会酿酒，不懂别的行业。但设计师应当通过作品来调动别人的情绪，引起别人的共鸣，对吗？你老爸是你的至亲，你连他的心思都不明白，还能做设计工作？"

呵呵，既然不懂我们这行，就别摆着一副行家的样子指点江山，也别用这种嫌弃的眼神看我……

等等，眼神？

难道一直盯着我的人，就是这位高桥老先生？

"你啊——要诚心跟你爸道歉啊，还要跟你哥道歉。你哥对你们老爸尽心尽力，八成很想当丧主吧？他可被你坑惨喽。"

"嗯，您说的是。"

我尽力克制着情绪，含糊地答道，同时打量周围，想找哥哥求助。

刹那间，我背后又升起了一阵寒意。

满是恶意的眼神从四面八方射来，汇聚在我身上。

我顿悟了。

这么看向我的，不是特定的某人，而是在场的大多数人。

眼神中的厌恶,源于他们对父亲和哥哥的同情。

这些人觉得我是个逆子,不孝程度稀世罕见。

见我还特意当了丧主,他们更是单方面地断定我品性恶劣,厚颜无耻。

我忍不下去了。

我走出了殡仪馆的大门,外面非常冷,仿佛随时会下雪。但我的感情却一片炽热。

哥哥跟了出来,对我说:

"雄二郎,你怎么了?客人们还在,我们不好擅自离席。"

我无视了他,点了一支烟叼在嘴里,狠狠地咬着滤嘴,恨不得直接嚼碎它,然后深深吸了一口,再用力吐气,眼看着烟雾融进了寒冷的冬夜之中。

"哥,把戏玩够了吗?"

我质问道。

"'把戏'?"

哥哥不解,我把刚抽了一口的烟给扔了,接着说:

"别装傻了。老爸根本没要求我当丧主,是哥你自己决定的吧?"

"你在说什么呀?"

"我一开始就知道,他不可能把后事托付给我。"

"因为他对我说过——'你这种没能力的家伙肯定收不到任何委托'。

"更何况,除了你,没人听过他的遗言,不是吗?"

"唉,他临终时,身边恰好只有我一个人啊。我没骗你,这件事确实是他交代的。"

哥哥说这话时,没有直视我。

"不,你撒谎了。你的态度已经出卖了你。"

哥哥打小时候起便是这样。

每次撒谎,他都会移开视线,绝不和我有任何眼神交流。

童年的记忆再次复苏。

"哥,妈妈会平安回家的吧?"

哥哥抬起头,看着被夕阳染成浅红色的天空,回答说:

"会的哦。下礼拜应该就能出院了。"

他全程没有看我一眼。

几天后,妈妈死了。

哥哥是怕我看出他的慌乱,所以才抬头看天的吧。

后来,我仔细观察他的言行,坐实了心头的怀疑。他是个诚实的人,无法看着别人的眼睛说谎。当时我还不满十岁,便意识到了哥哥的本性。

如今,我已离家七年,哥哥依然留着这个小习惯。

昨天,当他带我去小佛堂看父亲的遗体时,他口中坚称丧主是我，眼睛却紧盯着父亲，瞥都不瞥我一眼。

还有，我们忙着替换龙酒和浊酒期间，但凡提到丧主的话题，他便会移开视线。

我一口气说出了上述"证据"，哥哥听得大气都不敢喘。

我只得往下道：

"哥，你撒这种谎，是想让我和老爸和好吧？当然，我们阴阳两隔，和解是不现实的。但你以为，只要你坚持说老爸要我当丧主，我便会觉得老爸实际上还肯信我。如此一来，就能解开我和他之间的心结。对了，委托殡葬公司用马鞭草装饰祭坛的也是你。只摆几瓶龙酒太冷清了，你寻思着再添点鲜花。不过你失算了。老爸怎么会喜欢那种清新可爱的小花小草。他真正的遗言估计是给他办一场葬礼，以及换酒瓶子。"

这下，哥哥的眼神又飘忽了起来。我只管表达自己的想法：

"为了让我原谅父亲，你甘愿把丧主的位置让给我，营造出一种冰释前嫌的氛围，也是用心良苦了。我很感谢你，于是配合着你的计划，一直没拆穿你，想安安分分地办完葬礼。然而，我受够了。那些吊唁者什么都不知道，擅自把我当成不孝子，一边随意污蔑我，一边同情你。这局面对我们兄弟俩没半点好处，不如及时打住。明天还有一场追悼会，丧主换哥你来当吧。"

我把话说得明明白白，就看哥哥怎么回答了。反正我打算一直等下去，等到他表态为止。他想必受了不小的打击，原来自己费尽心思才完成的计划，打一开始便被我看透了。

不承想，他很快就看着我，开口道：

"雄二郎……"

3

我抛下哥哥，独自踏入殡仪馆，但并不想回去参加聚餐，也不知该上哪去，便慢悠悠地在馆内乱晃。

"雄二郎先生，您好。"

听到有人叫住我，我定睛一看，是北条紫苑。她站在我面前，身后跟着高屋敷和新实，三人手中都捧着之前装饰在祭坛上的马鞭草盆栽。

"你们要把这花撤走？"

"是的，逝者希望在守灵夜上使用开紫花的马鞭草，在追悼会上使用开白花的马鞭草。明天早上，我们会用新的花来布置会场。"

逝者的希望？

我认准了父亲对这种花草没兴趣，想来是哥哥安排的。可事实上，这究竟是不是父亲的真实意愿？

真相如何，我无从得知。

"雄二郎先生，您怎么了？"

"哦，没事……"

我看向周围，想随便找个由头作为闲逛的理由，最终注意到了守灵夜会场的大门，赶紧问道：

"对了，明天的追悼会也在这个会场开是吧？布置好了吗？我担心来不及。"

这借口太过拙劣，我都觉得丢人，紫苑那乌溜溜的美目微微瞪大了，又立刻朝我鞠了一躬，道：

"谢谢您的关心，不过……"

"您最好尽快回去参加聚餐。您是丧主，吊唁者们想来也正准备找您倾诉对逝者的怀念与哀思呢。"

新实插嘴道。

他的话完全正确，我无法反驳，只好小声附和几句。他露出了满意的神色。

"您难道是在操心回礼？"

馅子不知从什么地方冒了出来。只听他接着道：

"吊唁者来得比预想的多，您怕回礼备得不够对吧？咱理解，会给您想个好法子，补充一批礼物，价格也尽可能便宜些。社长，咱这就和雄二郎先生商量一下，您看成吗？"

他一直在对我说话，唯有最后一句是说给紫苑听的，还边说边打量着她的神色。

"没问题，可雄二郎先生似乎很累了，您注意长话短说。"

"咱懂，咱懂。雄二郎先生，咱借一步说话。"

我什么时候提过回礼？这个贪婪的家伙真会趁机做生意！不过话又说回来，多亏了他，我有了离场的理由。

馅子在前面带路，领着我走进了遗属休息室。

几个小时前，我们还在这间休息室里确认守灵夜的流程，我坚信自己能出色地完成任务，掌控局面，但此刻，我觉得这里似乎变得很陌生，而我也只能无力地坐在椅子上。

"您看起来是真累呀，身体撑得住吗？"

"追悼会能换别人当丧主吗？"

我没理会他，直截了当地提出了自己关心的问题，他有些惊讶地点了点头，道：

"可以呀，丧主实质上是一个践行礼仪规程的角色，当然可以换。虽说换人涉及面子问题，咱们一般不建议这么做，不过，只要双方同意交换，就没关系。"

"那假设不是双方都同意呢？比如，丧主在守灵夜后病倒了、遭遇意外了，或者突然去世了，追悼会怎么办？"

"这种情况很少见，但若是遇上了，便不得不换人了。"

很好。我这就装个病。要不就一头冲出去，让车子撞一下……不对，车祸容易出人命。从楼梯上摔下来、脑袋磕在柜角上之类的多半安全些……

我尚在琢磨，随即却听到馅子话锋一转，道：

"在双方没有达成共识的前提下临时更换丧主，咱们也得跟着做应急调整，要额外收费哦。差不多五十万日元吧。"

什么？要价居然这么高？！看样子，遭遇意外事故这条路是走不通了。医药费加上丧葬费，绝对不是小数目……

"咱是跟您开玩笑呢。您别紧张，咱这行没这种收费规矩。"

"……我说啊，有些玩笑是能开的，有些玩笑是不能开的。"

"抱歉抱歉。可咱不这么说的话，您怕不是想以身犯险，给自己弄点意外哦？像是从楼梯上摔下来啦，脑袋磕在柜角上啦……"

"你有特异功能吗？"

"您还真这么想？！"

他眯缝的双眼总算睁大了，我一下子泄了气，苦笑着吸了口气，道：

"是啊。"

"这……您可把咱吓了一跳咧。咱多嘴问一句，您怎么忽然想换丧主？出啥子事了？"

"因为我从一开始就大错特错了啊。"

刚才，哥哥拿出手机，用拇指摁了几下按键，然后递到我面前，说：

"老爸吩咐了，万一你不信，就给你看这个。把衰弱的样子暴露在你面前，他想必会觉得很屈辱，所以我本来不愿拿出来的。但你看仔细了，这就是老爸的遗言。"

我不解地接过手机，屏幕上出现了一名陌生的初老男子，支着上半身，半躺半坐地靠在医院的病床上，眼神锐利。我很纳闷儿，心想这老头是谁，哥哥为什么要给我看这段视频。可还没来得及问出口，视频中的人便咳嗽着说起了话：

"我叫久石米造，我生病了，没剩多少寿数了。"

我一下子凑近了屏幕。

这居然是我父亲。

七年不见，那个勤快好强的父亲竟变得如此消瘦孱弱，和我印象中的他大相径庭，以至于我没能认出他来。

他继续道：

"我还想再活一阵子，但说不准什么时候归西，因此得趁现在把后事都交代干净，要是我真有个万一，希望你们给我举办一场盛大的葬礼，丧主由我的小儿子久石雄二郎担任。没错，不是大儿子贤一郎，是小儿子雄二郎。听见了吗？雄二郎，是我指名要求的你当丧主的！"

把任务硬塞给我之后，视频中的父亲又是好一阵咳嗽，咳得比刚才还凶。他的右臂正打着点滴，输液管的另一头连接的仿佛不是输液瓶，而是死神。

"老爸，您别太逞强了。"

视频中传出了哥哥的声音。

"我没逞强，我是在说遗言。"

"什么遗言,还早着呢!"

视频到这里就结束了。

哥哥颤声说道:

"差不多一个月前,老爸特地让我拍了这段视频。尽管医生说他的病还没那么严重,他本人或许已经预感到自己快不行了。总之,这下你应该知道了,我并不是为了让你原谅父亲,甘愿把丧主的位置让给你的。这纯粹是你的臆想。七年前,你一走了之,我在家尽孝,照顾老爸。其实我也有情绪,也有不满,可总不能连我都跟他吵一架,然后跑得远远的啊。我们毕竟是一家人。杉叔平日里教我酿酒技术,他明显当我是个麻烦,好在我很努力,好不容易感受到了酿酒的乐趣,做好了继承铺子和这门手艺的准备,结果丧主居然是你!我这七年到底有什么意义?!"

我终于将视线从手机屏幕上移开,不安地看向他。

原来,不仅是声音,他整个人都在颤抖。

"被那些吊唁者同情,你以为我不觉得难堪?你这么不理解我的感受,还说要把丧主的位置让给我?别胡闹了!丧主是你!你就按老爸的遗言,好好当丧主,好好把葬礼办完吧!"

他双目湿润,眼中蕴含的并非悲伤,而是愤怒。

"到头来,老爸果然更惦记你啊!他确实一直唠叨你的不是,但那是由于他不愿让别人看出他的真实想法。当初明明是他把你赶出去的,真是不坦率。幸好他在临走前如实面对了心中的父爱。"

我明白了。

不需要逻辑和道理，仅仅靠直觉就明白了。

哥哥之所以不肯看我，理由不是撒谎，是愤怒。

为父亲尽孝、送终的人是他，决心扛起家业的是他，而丧主凭什么不是他。

他不知道理由，但他满腔怒意。同时，他不想对着我发泄怒火。

"事情就是这样。我念着哥哥的好，假装中了他的计，然而这真的是我父亲的遗言。"

"您肯定很惊讶。可这不就没问题了吗？按着您父亲的遗愿，安心当丧主便是。"

"不行啊。受吊唁者们的谴责倒也罢了，我唯独不希望哥哥恨我。父亲到底在想什么……我实在弄不懂……"

"他只是想跟您和好吧，于是用这种方式表达心声。"

"那就没必要叫我们换酒瓶子了。"

毕竟，龙酒的酒瓶是哥哥设计的，而他随手找来装浊酒的瓶子，是我以前的作品。

他在我设计的酒瓶中灌了未达到销售标准的浊酒，放在地下室里，还交代我们把浊酒换成龙酒后，将换下来的龙酒连酒带瓶低价卖出去。相对地，哥哥设计的龙酒瓶子则会装着那批浊酒，在葬礼会场的祭坛上坐镇。

虽说原本装浊酒的瓶子是我的旧作,但对专业的设计师而言,作品遭到轻贱总归是莫大的侮辱。

倘若他真心想与我和好,便绝不可能留下这条遗言。

"这下您了解了吧?我父亲打心底里讨厌我。"

"说不定他只是忘了那是您的作品。"

"就是这样我才生气啊。那款瓶子是我第一次设计的东西,那会儿我和父亲的关系还不错,他夸了我的设计,还定做了一批,他居然忘了?"

所以,父亲到底还记不记得这件事?

无论如何,现状让我感到不快。

"您可能觉得我父亲虽讨厌我,却看在我能干的份儿上,让我担任丧主。但这绝无可能。说到底,他压根儿不认同我的能力。我不甘心啊,不过他的看法是对的。"

"您太谦虚了,您是一位成功的设计师。"

"才不成功。我的公司都快不行了……估计撑不过几天了……我给'花气球'设计过商标不假,只是对方很快又换了新的设计。如今我剩下的,唯有难以清偿的债务。"

我不认为自己没有才能,可想在设计行业生存下去,光有才华是不够的,还得有卓越的才华。

而我是在业务量锐减,即将雇不起人的时候,才意识到这一点。

我也考虑过向父亲低头道歉,回老家的铺子工作。设计师之梦破灭了，酿日本酒是我唯一的出路。然而，我的自尊心不允许我这么做。

"但您还是当了丧主。"

"那是由于父亲留下遗言，说三百万日元的丧葬费随我安排。换言之，要是我尽可能把仪式办得朴素节俭，余下的钱便全是我的。"

"所以您才会在商议时提出一切从简？"

"是啊，结果我真是遭报应了。"

"确实。"

"您好歹否定一下啊。"

看馅子一脸认真地点头，我知道他没有恶意，反而不知不觉地跟他说笑了起来。

"我原本瞄准了那笔钱，谁知道各个项目加在一起，最后剩不了多少。我出了力，却捞不到好处，还留下一大堆糟糕的回忆。"

人类的笑容或许会让泪腺变得松弛。我不想让馅子看到我的眼泪，急忙低下了头，继续说道：

"我打一开始就该坚决拒绝当丧主。不对，打一开始就不该同意办葬礼。"

"唉，举办葬礼是逝者的心愿呀……"

"尊重死人的心愿又有什么用？没必要花大钱给死人办个仪式。这是现代社会的常识，只有S县特立独行。退一百步说，我权当这是传统,也就忍了,谁知道还附带了遗言,让我当丧主,真是对任何人都没好处。为何要举行这种葬礼?可能的话,我甚至想直接取消了它。"

我依旧垂着脑袋。

"您肯付违约金的话,咱家也好说。"

馅子答道。

又是钱。

他口中发出"嘿"一声,吃力地起身,道:

"从现实角度而论,即使中止葬礼,周围的人也不会轻易放过您呐。雄二郎先生,您若想违逆逝者的意思,怕是只好放弃丧主的位置了。您今晚再考虑考虑吧,如果仍想中止,请您明天趁早跟咱联络,咱帮您制订善后方案。追悼会是在白天举行,吊唁者多半比守灵夜的少,更何况明天是工作日。依咱看,您不必多订回礼了。"

"不是您提出要增加回礼的?"

我抗议道,馅子没答话,直接换了话题:

"啊,对了——古希腊哲学家亚里士多德[1]有一句格言,'逝者关于葬礼的愿望皆有意义'。咱也是这么想的。"

---

[1] 亚里士多德(Aristotle)生于公元前384年,逝于公元前322年,古希腊哲学家,也是世界古代史上最伟大的哲学家、科学家和教育家之一,师从柏拉图。他的著作构建了西方哲学的第一个广泛系统,包含道德、美学、逻辑和科学、政治和玄学。——译者注

"亚里士多德留下过这种名言?"

我话还没说完,馅子便走出了遗属休息室。

他离开后,房间里只剩下我一个,没有人来找过我。同时,守灵夜似乎结束了,我隔着墙壁,听到哥哥和杉叔送客的声音。

我本就打算把丧主让给哥哥当,哪里需要考虑一晚上。

亚里士多德说错了。很明显,父亲让我当丧主一事毫无意义。我看不出背后的用心,只觉得这是在故意折腾我。

折腾我?

我当上丧主之后,遭遇了什么?我先跟哥哥说,吊唁者们痛斥我的不孝,之后则将我们兄弟俩起了隔阂一事告诉了馅子。莫非这就是父亲的目的?难道他在当年被我揍了之后,一直怀恨在心?

这不可能吧?

我始终相信,即使老爸再记恨我,也不至于为了折腾我才要求办葬礼。

说白了,他若想这么做,就该在活着的时候动手。他没什么耐性,心中有怨的话,绝对熬不到死后报复。

而另一方面,他其实不必把丧葬费全额委托给我。只要指名我当丧主,同时让哥哥管钱,照样能让我不好过。综上,父亲的要求果然没什么意义,甚至不是为了折磨我。

钱!

我忽然灵光一闪，以钱为线索，觉察到了某些东西，心跳猛然加速。

父亲想必预料到了我会推脱。他略过长子，要求我这个七年未归的次子当丧主，换作别人是我，也不会痛快地答应。而事实上，我最开始时确实拒绝了，后来纯粹是看在钱的份儿上，才改口同意。三百万日元果真是强大的诱惑。

那么，我又为何会被这笔钱冲昏了头脑呢？事业有成的设计师会这么轻易"上钩"吗？可是，我是个失败者。

假设父亲很清楚这一点，那便解释得通了……

不然，父亲怎会这么为我着想？会把我放在心上？

我自己都觉得不可思议。

我细细回想起了从回S县起直到现在的一幕幕，把它们当成拼图，一块块地检查过来。不知不觉间，我像是丧失了五感，唯有头脑在高速运转。

这种状态不知道持续了多久。

我的推理是完美的。关于父亲指名我当丧主的理由，我仅能想到这一条可能性。

我浑身颤抖，眼泪又一次涌了上来。

我擦干双眼，站了起来，走向守灵夜的会场。按传统，线香必须整晚不灭，所以哥哥理当在守夜。

数小时前，吊唁者还络绎不绝，此刻却分外冷清，只有五个人坐在祭坛附近。除了哥哥和杉叔，另三人估计是我家铺子的酿酒工。

哥哥始终望向棺木，另外四人原本正小声说着什么，听到我进来了，便扭头看向我，却仍一动不动。

我出声道：

"我想和父亲单独待一会儿。"

闻言，杉叔露出了惊讶的表情，哥哥没有任何反应。

"哥，求你了，就一会儿。"

我把手搭在哥哥肩上，他缓缓起身，没有看我一眼，不情不愿地走了出去。杉叔等人虽然不解，可还是对我鞠了一躬，说了一句"这里拜托你了"，然后跟在哥哥身后，狐疑地离开了。

他们顺手关上了会场的大门。于是，我时隔七年，再度与父亲独处。

我站在祭坛前，无法直视父亲的遗像和他躺在棺中的遗体。

"老爸，我总算想通你为什么要我当丧主了。"

他当然不会回答我，但我还是非说不可。

"关键就是钱。你从始至终不认可我的设计能力，觉得我没品位，迟早会落魄饿死。所以你早就知道我会走到今天这步，便特地用丧葬费'钓'我是吧？你把丧葬费全都托付给了我，我正好为钱所困，乐呵呵地接下了当丧主的任务。"

但凡有心，只需稍微调查一下，便能轻易获知我近来过得十分窘迫。

"我答应了你的要求，和殡葬公司沟通，然后按遗言替换了酒瓶子。你这么安排，并不单是为了装饰祭坛，更是对我的警告吧？你想说，在设计方面，我连我哥这种业余爱好者都比不上。"

把龙酒灌入"随手找来的瓶子里"，再低价出售，想必也是让我明白，我没有设计才能。

"再者是到场的吊唁者。我本以为，你打算让世人看看，有那么多人来给你送行。不过我误会了，这番场面其实是给我看的。"

父亲的脾气很差，来吊唁的人却很多。这只能说明，尽管他为人不怎么样，而作为酿酒师是值得尊敬的。

他见我一事无成，特地计划了这一出，旨在告诉我——只要在事业上有所建树，就会有一大群人为你的死感到惋惜。

这些，便是他指名我为丧主的缘由。

"老爸，你在提醒我，没用的设计师留不下半点儿东西，劝我重新考虑人生道路，是吗？"

——"不理解父母苦心的人都是废物，立刻滚出去！"

父亲对我说的最后一句话在我脑中响起，语声清晰，仿佛他此时就在我耳边，又一次如此冲我吼道。

"哥哥说得对，你一直惦记着我。我明白你的苦心了……"

我一步步走近了棺木，随后道：

"但你以为我会感谢你吗？你这可恶的老头！"

强烈的恨意在我体内翻涌、流窜。

我的推理毫无纰漏，这绝对就是真相。可正因如此，我瞬间抖如筛糠，双目湿润。

这根本不是悔恨的泪水。

"你脑子里装了些什么？摆出一副清高的模样，还指望我谢谢你？你懂设计吗？不好意思，我对你的用意没半点共鸣！还有哥哥。他尽心伺候了你好多年，你考虑过他的感受吗？"

我低头看向棺木。

这还是我第一次从正面看父亲的遗容。

他活着的时候就顽固，死了也仍是这副面相。

——"老爸病重，走得很痛苦，他们第一时间来给他的遗容上妆，让他看上去平和了不少。"

我想起了哥哥说的话，便抬起头，然后重新低头盯着父亲。

他闭着眼，我却有一种与他对视的感觉。

我回想起了诵经的仪式上，那些死盯着我不放的视线，一如此刻的父亲。

于是，我也用全副情感回瞪了过去。

我们就这样"凝视"着对方。时值冬天，我的背后却沁出了汗。

终于，我败下阵来，移开了视线，目不转睛地看向祭坛上的龙形酒瓶。蜡烛的火焰轻轻摇曳，线香上升起了细条状的灰烟。

"葬礼果然没有好处，没有用处，没有任何意义。"

我不会再当丧主了。

4

次日，追悼会到了最终环节。

遗属代表致辞道：

"今天，各位从百忙中前来参加亡父久石米造的追悼会，我在此致以衷心的谢意。身为人子，我很清楚父亲并非德高望重的大善人。我那早逝的母亲自不必说，我们兄弟二人和自家酒铺的员工们也常受他的气，包括在场各位，想必也有不少人因为他而有过不愉快的经历。我替他向各位道歉。

"当然，见到这么多人来送别我父亲，我其实非常高兴，并为他感到自豪。经过昨晚的守灵夜和今天的追悼会，各位让我深刻明白，他生前坚持的职业道路是正确的。

"或许有很多人知道，我和父亲大吵过一架，然后我就离开了家，一别多年。最后一次和父亲说话都是七年前了。回顾这段岁月，我无疑是疏远了父亲。可是，在见证了父亲的生存之道后，我改变了想法。如今，我十分尊敬他。而且我自幼味觉灵敏，总是和父亲畅谈着日本酒的话题，父亲一直对我抱有莫大的期望，这才会指名要求我担任丧主。

"故而，我决定顺应他的心愿。

"我将回到老家，努力学习酿酒，以继承酒铺。

"我已经与家中的员工们沟通过。鉴于我这些年从事了其他职业,手艺基础薄弱,抱着随意的心态是绝不可能成功的,但我定会每天磨炼自己,不断进步,争取离父亲更近一步。望各位不吝关照。

"真诚感谢各位!"

吊唁者们交头接耳,大惑不解,我则结束了发言,朝他们深深鞠了一躬。

追悼会后,父亲的遗体被送去火化了。距离火葬结束还有一段时间,我们安排了饭菜。由于是葬礼期间的聚餐,这顿宴席显得有些特别,不过简单说来,它的作用就是让相关人员边吃饭边追忆逝者。要是在几天前听到这个环节,我肯定会嗤笑不已,然而和杉叔他们聊着父亲的往事,我的心情竟意外地平静。

火葬后,我们去收集骨灰和残骨,一切就这样顺利结束了。

我回到了家,走进小佛堂,馅子提前在那里准备了一只小小的祭坛,上面摆着牌位、骨灰坛、遗像。我静静地朝它们合掌行礼。

这三天对我而言,就犹如惊涛骇浪、狂风骤雨。时隔七年回到S县,被父亲指名担任丧主,受吊唁者责备,跟哥哥吵架……一件件事皆让我分外煎熬,度日如年。

幸好,在我察觉到真相后,时间仿佛突然加速了。

追悼会、遗体火化、聚餐等环节期间,哥哥一句话也没和我说,等收完骨灰便不知去了哪里。杉叔担心他,但我知道,一切都按计划进行着。

"辛苦您了。"

馅子和新实打着招呼,也进了小佛堂。

"至此,葬礼正式结束。咱家后天会给您寄请款书,眼下您还有什么问题吗?"

"我想了解一下回礼的情况。"

"您说。"

"我的意思是,守灵夜之后,您说需要跟我商量回礼的相关事宜。可事实上,回礼的数量是足够的,您只是为了让我冷静下来,才故意找理由带我去休息室吧?"

事到如今,我也明白了,那是馅子在以自己的方式体谅我。

"……当时是咱误会了,老担心您啦。后来发现是咱杞人忧天。"

"您这是哪的话。您还提到了亚里士多德的格言,那句话对我启发很大。"

"真的吗?那就好,那就好。"

"我们最开始协商时,也用了三个多小时,辛苦您了。诚然,葬礼总共才两天,费用倒十分昂贵,涉及一大堆事项。细细讲解下来,是得花上这么久。但你们的认真是毋庸置疑的。我们真心觉得,这次的确委托了一家好公司啊。"

"哎哟……殡葬公司有说明义务的呢……要是弄错了,事后会起纠纷……"

他的脸涨得通红,说起了专业词汇。从外表上根本看不出,他这么容易害羞。新实则在他身旁浅浅地叹了一口气。

父亲本着所谓的父母心,要求我当丧主,实质上却是出于自我满足。真是一次苍白、空泛的教育,毫无深意。

父亲的遗容仍和他生前一样,透着顽固的气质。他虽然闭着眼睛,但和遗像上的照片表情相同。

他去世时不可能是这副模样。哥哥说过,北条殡葬公司的人通过化妆,将满脸痛苦的他打理成了如今"平和"的样子。外行人估计提不出这方面的专业建议,换言之,这是殡葬公司的人所做的判断。他们认为这样的遗容是最妥当的。它和遗像保持了一致。而遗像又是哥哥提供的,父亲表示任由哥哥挑选,不必经他亲自确认。

即是说,父亲坚信哥哥会挑出一张"好照片"。

他如此信赖哥哥,自然不会只顾着用葬礼来教育我,忽视哥哥的感受。

那么,为什么我才是丧主?父亲真正的目的究竟是什么?我想要一个回答,所以昨晚独自在会场,与双眼紧闭的遗体"互瞪"着。

不是折腾我,不是教育我,还能是什么?

有没有提示?

对了,亚里士多德!他说过,"逝者关于葬礼的愿望皆有意义"。

马鞭草!

那种娇弱小巧的花朵和父亲的气质完全不相符,他却希望用它们来装点祭坛,更是要求殡葬公司在守灵夜和追悼会上使用不同花色的马鞭草。他这么强调这件事,说不定别有用意。

我在给"花气球"设计商标时调查了很多与花有关的知识,努力回忆后,我想起来了——

马鞭草,马鞭草科,种类多达两百以上,花语是"亲情"。

"亲情"?

这场葬礼中包含着父亲对家人的爱?这样的话……他理想中的家庭,难道是……

我视而不见的现实仿佛从棺木中一跃而出,令我浑身寒毛直竖。

我之所以立志成为设计师,是受了哥哥的影响。小时候,他总说将来想当设计师,这句话甚至成了他的口头禅,我便渐渐设想着长大后和他走上相同的道路。

为了自己的理想,他肯定打算从长计议,慢慢说服父亲,而我跟父亲吵架离家,他不得已,只好留下来继承家业。

把哥哥从重担中解放,并把事业受挫的我叫回来,便是父亲对我们的爱。在生命的倒计时阶段,他认为这即是自己人生中的最后一份使命。

我顺着这条思路,重新琢磨着换酒瓶一事。

龙酒的酒瓶是哥哥设计的,父亲随手拿来装浊酒的瓶子是我设计的。

交换酒瓶，暗示着我应当和哥哥"交换"——哥哥去当设计师，我来继承家中的酒铺。

看向龙酒的酒瓶，我再次意识到，哥哥的设计天赋高出我十倍百倍。

然而，哥哥去学酿酒了。他说杉叔教得很累，可见他在这方面确实资质平平。

反观我，味觉敏锐，对日本酒感情深厚，纯粹是与父亲置气，才非要当设计师。

我们兄弟俩都走错了路，如今是时候纠正错误，将哥哥从家业的牢笼中释放出去了。父亲的葬礼就是为此举行的。他也许想再加入一些更明显、易懂的提示，怎奈病情恶化，他来不及筹划了……

但他何必使用这么迂回的方法，直接留下遗言不就行了？也省得哥哥觉得遭到了背叛。

老爸，你倒是说点什么啊！

我依然盯着他，遗憾的是，他死了。

遗体不会说话。

我不再渴望听到他的回答，收回了视线，再次倾吐出心声——

"葬礼果然没有好处，没有用处，没有任何意义。"

我要放弃丧主的身份。

葬礼这种事，根本不值得办。

等等——

我和父亲一样口是心非,哪怕他当面叫我学酿酒,我也会拒绝。

哥哥出于自己的立场,关心着我和父亲。说话时三句不离"我们是一家人"。他大概误以为父亲偏心他,便抱着对我的歉意,咬牙干起了不适合自己的酿酒工作。

于是,父亲坚持要求举办葬礼。他只能以这种形式来展现自己对两个儿子的亲情。

同时,他要我当丧主,也是赌我会注意到他的真实意图。

他其实是将一切都托付给了我。

——"你这种没能力的家伙肯定收不到任何委托。"

他曾如此断言道,可在听到死神的脚步悄然接近时,依旧列出了人生中最后一项任务,向我提出了委托。

他说不定是用了排除法,不情不愿地决定和我"合作"一次。

不过,这一点点的信任便足矣。所以昨晚我走出会场,给馅子打了电话,说:

"明天的追悼会还是由我来担任丧主。"

我下了决心,今后会在久石酒铺工作。

三十岁后才入行的酿酒师也不是没有,但正如我在追悼会上说的那样,抱着随意的心态是绝不可能成功的。到时候,肯定会有人对我投以白眼,觉得一个离家出走的人凭什么口出狂言。与此同时,我还将遭遇各种难关。

即使如此，我也会忍耐到底。

很多人不喜欢我父亲的为人，但也有很多人尊敬身为酿酒师的他，前来参加他的葬礼。

如果让我许愿，我非常想成为他这样的人。

我不知道整场葬礼办下来究竟花了多少钱，反正剩下的就存着，和哥哥商量之后再决定怎么用。至于我的欠款，杉叔会好好磨炼我，我想必没时间花钱，到时候慢慢偿还即可。

"我进来了。"

纸拉门打开了，是哥哥。

他开口道：

"丧主，你辛苦了。听完你最后的致辞，有人觉得你太随心所欲了，也有人很佩服你，认为你成熟了。高桥老先生都不好意思了，说他在守灵夜的聚餐上讲了过分的话，得跟你道歉。"

他顺手关上了拉门，继续说：

"我这两天也过得够丢人的。自己辛苦伺候老爸，却没当上丧主，而离家出走的弟弟又突然宣布继承家业。杉叔说他心里虽然没底，不过很期待你的成长。老爸其实和杉叔抱着同样的心思吧。他是希望由你来接班的，因此指名你当丧主，好让周围的人认为你才是他的继承人。我这七年到底算什么哟。真是个笑话。"

我知道，这时候不该说安慰的话，反而得抓紧机会，把哥哥推得远远的，把他推出束缚他的老家，便答道：

"是啊，确实挺好笑的。而且接下来你还得作为我的陪衬呢。我酿酒的手艺很快就会超过你。我和老爸举办这场葬礼，是为了解放你。"

我一定要让哥哥明白这件事。

"或许吧，我会离开的。我已经浪费了七年，往后就让我按自己喜欢的方式生活吧。"

我心口仿佛被揪紧了。可没关系，他必须讨厌我们，不然他绝不会踏上属于自己的人生旅途。

是的，这样就好。

然而——

"雄二郎，你和老爸都一样，差劲透顶。你们把我当什么，觉得我好摆弄吗？我连恨都懒得恨你们，只想把你们、把这些年的经历都忘掉，跟你们彻底断绝关系！"

他满腔愤怒，却背过了身子，不愿直视我。

看到这样的他，我彻底明白了。

这场葬礼，不是为父亲而举行的。

它属于我们两兄弟。

祖母的葬礼

1

这个国家最轻松的工作是什么？

每个人对"轻松"的定义不同，但若是问我，我会毫不犹豫地回答——当直葬人员。他们只需把遗体装进棺材，运到火葬场，放入焚化炉火化。仅仅如此，就能获得十万日元以上的报酬。

也有人不愿意找直葬公司，打算亲自将逝者运到殡仪馆，不过搬运遗体是一门技术活，即使逝者因久病而骨瘦如柴，可由于细胞失去了活力，肉体会格外沉重，大多数人在尝试过后就会放弃。

退一步讲，就算能克服这道关卡，普通百姓也不知道火葬的流程。火化遗体前，需要办理火葬许可证、预约炉位等，得按照既定的流程走。此外还需处理诸多相关事宜。最后，大家都得出了一致的结论——找直葬公司比较方便。

日本步入老龄化社会已久，今后会有越来越多的老人离世，丧葬需求量极大，殡葬行业前景大好，今后能长期轻松获利的工作，就是当直葬人员——在S县以外的地方。

时至今日，S县还保持着举办葬礼的习俗，殡葬公司在当地相当

"吃得开"。

其中也有我工作的公司——北条殡葬公司。

我们公司规模虽小，却拥有自己的办公楼，可以充当遗体的"寄存点"和"中转站"。这样一来，在暂时安置遗体时会方便许多。

办公楼一楼是接待大厅，能办理小规模的葬礼，二楼是接待室，三楼是办公室。

我此刻正在三楼，社长北条紫苑端着茶杯，坐在我面前，对我说：

"新实君，你气质沉稳，相貌斯文，应该稍微学会控制自己的情绪才对，以免浪费这么好的外形条件。"

她顿了一顿，又继续道：

"现在让你负责案子果然还早了些。作为殡葬公司是不应该对遗属采取那样的态度的……啊，你别这么低落，不是你的错。"

"不，怎么想都是我的问题。"

"不不不，是我的决策有错。我能感觉到你的工作热情，知道你很想负责案子，结果轻率了……"

她绝不是在轻视或讽刺我，而是打心眼儿里感到责任在她身上，这让我深感内疚。

她说的是不久前我们和久石酒铺家的两个儿子沟通葬礼计划时的事。丧主的态度让我很气愤，我一时没忍住，拔高了音量。

"遇到那种情况的话，请你先冷静下来。当时幸好馅子先生在场，顺利化解了矛盾，可你若不改善自身，迟早会引发争执。久石米造老人的葬礼还是该由馅子先生主办，你在他身边协助，好好学习一下。"

社长的语气和平时一样温和，不过被她这么一提点，我还是不由得挺直了脊背。

她身材娇小，看起来文文静静的，为什么能让我倍感压力呢？

我当天便反省过了，可在举办葬礼的两天里，我几乎没起到任何作用。守灵夜聚餐期间，我们偶遇了独自在殡仪馆内闲逛的丧主，我建议他尽快回去参加聚餐，满以为社长会夸奖我，她却在馅子先生带着丧主离开后，微笑着看向我说：

"新实君，你应该再设身处地地为遗属想想呢。"

但我明明是出于好意……唉，干这行真不容易啊。

四年前，北条紫苑从病故的父亲手中继承了这家公司，当上了社长。她当时年仅二十二岁。老员工们瞧不起她是个年轻女孩，集体辞职了，公司只能暂停业务。而后，她从零开始招募新员工，重振公司，一步步走到现在。她买了许多和葬礼有关的书籍，用一支看起来很有年代感的钢笔做了各种笔记和批注，平日里一有空便去同行公司帮忙。尽管她只是淡淡地说自己喜欢这份工作，可她对事业的热忱真是让我自愧不如。

只是她招来的员工……有些一言难尽。

高屋敷英慈是个冷漠的男人，我找他说话时，他会回答，却从不主动与我说话。我怀疑他这种性子是否能与遗属们沟通，没想到他基本上只做辅助工作。头发留得长长的，像戴了一顶假发，兴趣是盯着水看，总之浑身都是谜团。

如果说他的神秘之处在于"安静"，馅子邦路的神秘之处就在于"活跃"。

据说关西人曾把不隶属于任何公司或组织的殡葬从业人员称作"馅子"。他们是自由之身，每逢殡葬公司需要人手，他们即会出动。

馅子先生的姓氏不知是不是由此而来。

事实上，馅子先生的确是一名"自由人"，在S县各地辗转，协助多方操办葬礼，这些年则专心支持我们公司的业务。问及理由，他自称是紫苑社长父亲的故交，看着她长大，因此得多帮衬她，可他并非我们的正式员工，而是根据本人意愿当了编外人员。

"馅子"必须熟练掌握与葬礼相关的知识与操办葬礼的技巧，而且他们常被要求担任主持人，因此得有一副洪亮的好嗓子。

对了，他们还应当擅长与人打交道。沟通对象除了遗属们，还包括宗教人士，比如参与佛教式葬礼的僧人等。有些僧人身上有些"问题"，一般从业人员应付不来，必须靠他们来把合作谈妥。

馅子先生符合上述所有要求，能力优秀。紫苑社长摇着头说，他或许是太能干了，不愿成为她的部下，这才要求当编外人员的，但我觉得，他单纯是有自信继续做"馅子"罢了。

话又说回来，他的言行举止总有些可疑。

他操着一口不正宗的关西话，按他本人的说法，是从小跟着父母到处搬家的缘故。而在主持葬礼时，他简直像上电视播报新闻的国家级播音员似的，读音极为标准，语气抑扬顿挫。所以，我只得怀疑他是为了尽量让遗属感到放松，才故意带上口音，增强亲和力。

此外，他能看出遗属们的财力和心理价位，通过种种手段，在对方的预算范围内把要价谈到最高。对方难免有所怨言，而他却有本事在不知不觉间建立起诚实可靠的形象，化解此类埋怨。假装脸皮薄便是其中一环。

之前那家酒铺的葬礼就是这样。

丧主说，"您只是为了让我冷静下来，才故意找理由带我去休息室吧"，他听了这话，则露出了难为情的样子，演技可谓精湛。这招他屡试不爽，真是让人忍不住叹气。

他会说，办葬礼还省花销，事后会后悔的，他都是为了遗属们着想。不过这八成是在掩饰他贪财的本性。

想不到，即使费用增加了，竟没有一个遗属抱怨，反而全在向他道谢，感谢他操办得好。

好？

我生活在一个以直葬为常态的社会上，脑子里根本不存在"好的葬礼"这种概念。

然而，仰赖于馅子先生的突出表现，我们公司好评不断，业务开展得十分顺利。尤其是在久石酒铺的葬礼结束后，我们接到的委托一下子增多了。

我是个外人,不清楚人家家里的详情,但听说那场葬礼背后包含着逝者的良苦用心,而馅子先生巧妙地给出了暗示,引导着遗属们领悟了真相。

我问他:

"您何必这么大费周章,直接告诉他们不好吗?"

他只是回答道:

"葬礼毕竟是属于遗属们的呀。"

我不理解,可久石家的丧主到处宣传说,北条殡葬公司很优秀。就这样,我们树立起了良好的口碑,广为人知。对此,社长想必非常庆幸吧。

诚然,我们有时也会收到不同寻常的委托。

事情发生在四月八日,那一天春意盎然,风和日丽,气候宜人。一名年轻女性在黄昏时分来到我们公司,提出要办葬礼。

她名叫金堂瑞穗,刚在接待室坐下,便道:

"我不想火化奶奶。"

按照行规,在接下委托前,需要先做一次预沟通。对方可以是尚在人世时的逝者本人,也可以是他们的家人。通过预沟通来了解他们大致上想办一场怎样的葬礼。有人会当场拍板决定一切,有人则是逐一确认细节(比如之前的久石酒铺)。对于后者,我们会见上多次。

金堂瑞穗便是来做预沟通的。她身材娇小,脸上还带着几分稚气,但举手投足间给人相当干练的感觉。她才二十岁,居然一个人拜访殡葬公司,真不简单。从她薄薄的嘴唇中吐出清冽语声与她很相配。

谁能想到这样的姑娘张口第一句话就是不想火化奶奶。

我愣住了,一时间不知该说什么,紫苑社长倒是和平时一样镇定,确认道:

"您的意思是不火葬,对吗?"

"嗯,绝对不要火葬。只要贵公司能满足这一点,其他的就全由你们看着办了。"

全由我们看着办?

我的脑筋越发转不过弯,社长却颔首应下了:

"明白了,我们按您的意思办。可S县只允许火葬。"

"啊?有这种规定?"

瑞穗惊讶地大叫起来,感觉快要坐不住了。她反问道:

"这里可是S县啊,全国就剩这里有办葬礼的风俗了。下葬的方式不是很多吗?比如土葬。"

"有些地方可以,但S县不行。"

"为什么?"

"主要理由之一是预防传染病。日本于一八九七年制定了《传染病预防法案》,在原则上必须将逝者的遗体火化。万一土葬的遗体上带着病菌,很可能通过泥土传播开来。考虑到公共卫生安全,政府判断火化是最佳选择。自那时起，人口数量多的大城市也纷纷制定了禁止土葬的相关条例。"

"S县面积大，却属于乡下，并不是大城市，没这种规定吧？如果遗体上不携带传染病法明令列出的病菌，便能土葬了吧？"

"S县的确没有禁止土葬的规定，却有墓地管理条例，只可埋葬经过焚化后收纳在骨灰盒里的遗骨。因此，这里实质上禁止火葬以外的所有丧葬模式。唯一的例外估计只有因战争、自然灾害等特殊情况导致逝者过多，无法及时焚化，不得不土葬。"

"把遗体沉到水里也不行吗？"

"水葬吗？不行呢。在日本水葬的话，会触犯尸体遗弃罪。当然，也存在例外，比如有人在航行中身亡。"

"原来如此……"

瑞穗笑不出来。其实，换作是进入这家公司之前的我，同样觉得土葬也罢，水葬也罢，人家自己愿意就行。

她像是僵住了，坐着一动不动，连眼睛都不眨一下。

"瑞穗小姐，您没事吧？"

"不……不能算没事……"

"方便的话，您可以说说不想火葬的原因吗？土葬和水葬不行，不过我们或许能为您想想办法。"

"那我也只能说，我是有理由的……"

咚咚。

这时，敲门声忽然响起，接待室的门被人打开了。

"抱歉，我打扰一下！"

来人是一位拄着拐杖的优雅老妇，她的腿脚似乎有点问题，需要轻轻拖着右腿行走，但说话中气十足，完全听不出上了年纪。

"瑞穗啊，我看到你的车停在外面，还想着你是不是在这里，结果还真是。"

"奶奶，对不起，我……"

"没事没事，你在和他们商量我的葬礼嘛。你怕我哪天突然没了，再做这些就晚了，是吧？我之前只是有点感冒，你也那么夸张。不过我绝对要和智史先生葬在一起，火葬挺好的，不用搞土葬、水葬之类的，我没兴趣。"

她一口气对着支支吾吾的瑞穗说了一通话，接着看向我们，道：

"我家孙女给各位添麻烦了。我想招待各位来参加我个人的七十五周年纪念日，就勉强算是给各位赔个不是啦。"

"七十五周年纪念日？"

紫苑社长眨了眨乌溜溜的大眼睛，老妇则露出了孩子般的笑容，回答说：

"是啊，我叫金堂美和子，等我七十五岁的时候会办一场生日会。虽然还差四年呢，但一定得邀请你们，请务必赏光！我先告辞啦。"

语毕，她又拄着拐杖离开了，步子虽慢，整个人却精神十足。

"奶奶，等一下！唉……北条小姐，今天麻烦您了，谢谢！"

瑞穗忙不迭地跟了上去。

这位美和子奶奶远比她的孙女更有活力。

"真是一位了不起的老婆婆呀。等我老了，也要像她那样。"

紫苑社长坐在原位，略为出神地看向接待室的大门。

"您在说什么？她的意思是至少还得再活四年，暂时不需要我们服务。"

我说着，伸手取过瑞穗填写的预沟通登记表，上面只留下了姓名、地址和电话号码。

"唉，她到底为什么坚决拒绝火葬啊？"

"等四年后再去问吧。美和子女士说了，一定会邀请我们去参加她的生日会的。"

四年也太久了，不知道那时候我是不是还在这里工作呢。

九天过去了，四月十七日的晚上，我独自一人在公司三楼的办公室值夜班。

人可不会挑时间死，因此干我们这行的随时可能接到委托，必须确保每一分钟都有人待命。世人戏称殡葬公司比便利店更早开展"24小时业务"，但这是由我们的工作性质决定的。

我们公司会安排两个人一起值夜班，主要值班人员需要在办公室通宵，次要值班人员可以在家睡觉，不过要将手机放在枕边，万一有工作便得立即出勤。这种模式其实很合理。说白了，即使是专业的殡葬人员，一个人搬运遗体也非常困难，所以在赶往遗体的所在地时，原则上需要二人一组行动。

而根据葬礼规模，我们有时会雇用外部人员，可固定班组只有社长、馅子先生、高屋敷先生和我四人。就这样，我每周都要在办公室过几次夜，在家时又得伴着手机入眠。

不吹不擂，我确实写得一手好字。从小学起，我的书法成绩便总是第一名，本以为能把这份才艺融入殡葬工作，谁知告示牌等各种物料几乎全是用电脑设计的印刷品，极少需要笔墨。

直到去年的十一月，我终于开口道：

"别的物料倒也罢了，至少摆在殡仪馆门口的告示牌该由人亲手书写吧？每一个字都寄托着我们对遗属的关切。馅子先生，请您让我试试！"

"我还有好多事要管呢，你要是真心想做，去跟社长说说看吧。"

"社长，请给我一次机会！"

"我还有好多事要管呢，你要是真心想做，去跟馅子先生说说看吧。"

他俩把我当皮球踢来踢去，这作风简直像极了S县政府办事大厅。最后社长好歹点了头，同意以后的告示牌都交给我写，条件是我一定要尽最大的努力，写出最漂亮的字。

我的工作量增加了，不过这毕竟是我自己提出的，所以一点儿也不后悔。

我不再回忆，摊开摹本，仔细地临着每一个字。由于用不惯钢笔，我得勤加练习，写到让自己满意为止……

电话铃声响了。

虽说值班时接到委托很常见，可深夜铃响还是会吓人一跳。我把钢笔收回抽屉深处，叹了一口气，接起电话。

"您好，感谢您致电北条殡葬公司，敝姓新实。"

"您好……我前几天去贵公司咨询过，难道您是当时接待我的那位先生……"

对方话还没说完，我便听出来她是谁了。

"是我，您是金堂瑞穗小姐吧？"

"是的。之前谢谢您。"

"您客气了。"

我瞥了一眼手表，见是晚上十一点三十二分。这个点打电话来，即意味着……

"新实先生……我奶奶从楼梯上摔下来……过世了……您能不能来一趟医院……"

果然。

2

在日本普及葬礼税之后，移居到S县来的不仅有殡葬行业的相关人员，还有一些重视丧葬传统的平民百姓。他们或是认为唯有葬礼才能表达对逝者的吊唁之情，或是希望自己死后也能举办葬礼。如此一来，原本扎根于全国各地的习俗便随之一并涌入，S县出现了多种形式的葬礼。

有些葬礼现场布置得极为隆重，即使拿走一整只花圈都不会有人发现，也有些葬礼办得极为朴素，没有任何装饰；有些遗属会在逝者被火化后收走所有的骨灰和碎遗骨，也有些遗属只拾取其中一部分。

但无论具体形式如何，它们都有一个明确的共同点——及时火葬。

"我明白了，我会尽快赶到。"

我一挂电话，便拿起智能手机，打开等墨殡仪馆的网站，确认焚化炉的预约情况，发现最近的空档在后天（即四月十九日）下午两点，于是立即登记租用。

这是殡葬公司在接到工作委托后要做的第一件事。

"火化遗体"正是举办葬礼的目标之一，遗属们一般不清楚该将这一环节定在哪一天，必须由我们来负责安排。而确定火葬的日期后，才能排出守灵夜和追悼会的时间表。因此，我先暂定了火化时间，若遗属表示那天不方便，或者亲戚们还得过几天才能赶到，我只需在网站上取消登记，择日另约即可。另外，有时遗属会临时提出，希望多陪伴逝者几天，慢慢告别，那我们同样会采用这套做法。

也有人会追问我们能否更早火化，不过，干我们这行的在预约焚化炉时都本着"趁早"原则，所以延后容易，提前却难。

074　　葬礼组曲

对殡葬公司而言，按计划完成火葬是一项重大使命。如果因守灵夜没法按时结束、葬礼期间出现纠纷等，导致赶不上火葬的预期时间，麻烦就大了。焚化炉总是被定得满满当当，最糟糕的情况下，一拖就得拖上两天……

这时，殡仪馆系统用短信发来了焚化炉预约确认函，葬礼计划的第一步总算是完成了。

我解除了电脑的休眠状态，查看了值班表，发现今晚的次要值班人员是馅子先生，而紫苑社长休息。

她是社长，但怎么说也是异性，我不可能打听她的私生活，不知道她休息时都会去哪里做什么。按她的说法，因为平时业务繁忙，累得不行，每逢休息日，她肯定不碰工作，在家睡大觉。她独居，理论上自然是自己一个人睡，可万一她有亲密的对象，两人一起过夜，我半夜叨扰，说不定会被误以为是变态。

我赶紧停止这样的想象，拨打了电话：

"馅子先生您好，我是新实，来活儿了，我去接您，二十分钟就到，请您在公寓楼下等我。"

"新实？哎哟……怎么不是紫苑社长跟我搭班呀……她穿黑西装的样子真是养眼……光是看看，我都觉得自己变年轻了……"

他话还没说完，我就挂断了。

我对着穿衣镜，系上黑领带。

假如我没有从事这份工作，估计不会这么频繁地在深更半夜戴这种颜色的领带吧。

我原先完全想象不到，殡葬行业如此累人。

大学毕业后，我进了一家软件公司当系统工程师。公司总部设在东京，经营稳健，实力和业界地位都不错。两年前，我被临时调到S县的分公司，原本会在几年后调回总公司，然而，公司主打的某款软件出现了巨大问题，一切都乱套了。该问题导致首都圈的轨道交通停运整整三天，公司负责赔偿，业务合作也被迫喊停，最终破产。

我突然失业，为了赚取眼前的生活费，便去了北条殡葬公司应聘。

那时的我，满以为这是份轻松的活计，只需搬运遗体，将它们送进焚化炉。

如今反思，我真该在面试之前想起S县保留着举办葬礼的习俗，想起北条殡葬公司不是直葬公司，而是传统的丧葬公司啊。

入职三天后，我便意识到工作内容和自己想象的不同；一周后，我后悔进了这么不得了的公司；一个月后，我开始精神衰弱，并第一次写了辞职申请。

可九个月过去了，我依然留在这里。

之所以能坚持下来，理由是遗属们的表情。

葬礼全部结束后，我看着遗属们脸上的表情，不禁想着，那其中似乎蕴含着我未曾体验过的情感。

六年前，我的奶奶去世了，办的是直葬。当时，我肯定没有露出过像他们那样的表情。

他们的表情背后，有着我所欠缺的东西。

于是我决定了，就算要辞职，也得先理解了这些东西再说。而且只能由我亲身领悟，靠别人是教不会的。

我努力工作，参与了许多葬礼，数量之大甚至让我想建议公司少接点业务。可是，我依然不明白自己究竟缺了什么。

难道我永远找不到答案吗？

通过真诚地对待遗属，我暂时缓解了这份不安，但它始终是件心事，最近又像苏醒的怪兽一般，在我心中重新抬头。

就在这个节骨眼儿上，金堂美和子去世了。

葬礼预沟通和委托都是瑞穗独自来联系的，可见美和子八成只有瑞穗这么一个血亲。而我也是奶奶唯一的血亲，我们拥有相似的处境，那么，美和子的葬礼或许会成为我厘清思路的机会。

所以，我要尽力办好这场葬礼。这既是为了逝者，更是为了我自己。

我驾车从公司出发，二十分钟后抵达了一座旧公寓。一个中等身材、平平无奇的身影慢悠悠地向我走近。

是馅子先生。

他穿着一身黑西装，强忍着呵欠，坐上了副驾驶席，道：

"你时间掐得真准，跟钟表似的。哎，这大半夜的，要是能和紫苑社长一起行动才开心咧。"

"不好意思了，您今晚的搭档是我。"

"你也更想和社长搭档吧?咱瞧你平时老盯着她看,简直都要把她看穿了咧。该不会对她还有其他的妄想吧?"

"……我没有盯着她看,也没有妄想过什么。"

"你是在装傻,还是真的没意识到?算了,咱家社长打小就有魅力,追她的也确实已全军覆没……"

"先说正事!"

我对他说明了委托人的情况。

"原来如此,人家姑娘来咱家做过预沟通,已经见过你了。那要不,这次葬礼就由你来负责吧?"

"好,请您交给我。"

"啥?你认真的?上次酒铺的委托还没吃到教训?"

"嗯。而且这次我本来就打算自荐,请让我来吧。"

"你都说到这份儿上了……可咱还是担心你会有点吃力啊……"

明明是他自己提出让我负责,见我真答应了,却又犹豫了起来。

金堂美和子的遗体在长乐山医院。

老实说,那家医院的风评很糟。

S县没有法医制度,但凡逝者的死因存疑,皆会按警方要求,被送往这家医院。但长乐山医院的院长年岁已高,好几次险些引发医疗事故。他本人对工作抱着一腔热忱,公然宣称这辈子都将驻守在岗位上。然而,从普通百姓的角度考虑,他还是早些退休才好。

可惜，事实不遂人愿。

我们来到诊察室，见到了值班的长乐山院长。他年过六旬仍精神矍铄，坚持凡事要亲临现场。此刻他拿着茶杯，解释道：

"金堂美和子女士从自己家的楼梯上摔了下来，后脑勺受到重击，几乎是当场死亡。她没什么重大健康问题，单纯是年纪大了，腿脚不利索。警方姑且以可疑死亡调查了一下，不过在现场和她身上都没有发现争执打斗的痕迹，家里也没被盗的东西，显然是一桩意外事故，所以没有解剖的必要啦。遗体已处理好，你们可以带她回去了。"

"院长，非常感谢您。对了，瑞穗小姐在哪里？陪着奶奶的遗体吗？"

我问道。

"她与您打完电话，就因为疲劳而昏倒了，现在正在休息。"

答话声从背后传来，声音如琴声般清澈优美，我回头看去，发现说话的是一名僧人。

他站在门口，身姿修长挺拔，相貌俊秀至极，即使在同为男性的我看来，也不由感到惊艳。

"施主您好，贫僧镜敬，正在云游。"

"啊，我是北条殡葬公司的新实，初次见面。这、这位是……"

我介绍馅子先生时，镜敬脸上始终挂着一抹堪称迷人的微笑。我看他这副表情，竟下意识结巴了起来。

"那个，不好意思，既然您是云游僧人，应该与逝者美和子女士无关吧？她没有提前请您来为她的守灵夜诵经，也不是您寺上的香客，对吧？那您怎么会深更半夜在医院呀？"

"贫僧听说有高龄患者抱怨失眠，便心想着，兴许能与他们谈谈。"

"镜敬师父约莫两个月前来到我们等墨市当志愿者，帮着打扫卫生、照看老人，为人非常亲切。我都希望他能在我们市定居了。"

院长介绍了这名僧人的来历。

"您过誉了，贫僧尚在修行，还远远不够呢。"

镜敬嘴上谦让着，同时用澄澈的眼神凝视着我，道：

"美和子女士意外遭遇不幸，瑞穗小姐惊惶失措，贫僧是来与她谈心的，希望能宽慰到她。实不相瞒，贫僧曾多次与美和子女士一同饮茶畅谈。能在这里见到她最后一面，也是一种缘分，但愿可以为她出一份力。"

"新实君，反正你们要为美和子女士操办葬礼，不如就请镜敬师父诵经吧？他品德高尚，一表人才，不像那些只爱在守灵夜上出风头的臭和尚。我真恨不得用脏水给他们泡茶喝。"

长乐山院长似乎很起劲儿。

"这得看瑞穗小姐的意思，我们不宜擅自决定。"

我婉拒了他的提议，他却充耳不闻。

"别这么死板嘛。美和子女士原本生活在外地，搬来等墨市才半年左右，估计没有熟悉的师父，镜敬师父正合适呢。"

"瑞穗小姐说不定有自己的想法……"

"行啦，听我的。"

"院长，感谢您这么热心，贫僧也愿倾力支持，只是这件事确实得尊重瑞穗小姐的意思。"

镜敬缓缓地摇了摇头。

"唉，镜敬师父说得在理。"

这回，院长倒是听进去了。

"好咧，咱们先跟瑞穗小姐打个招呼，然后把美和子女士的遗体送回家吧。"

馅子先生背对着我道。我看得出，他其实在憋笑。

金堂美和子住在等墨市郊外的一套独栋住宅里，周围的路灯和民宅很少，环境十分幽静，几乎听不到一点响动。我们把她家的一间房间充作佛堂，铺了被褥，将她的遗体安放在上面。

镜敬说得不错，瑞穗没那么慌乱了，可肯定还没法做出理智的判断。

这种时候只有耐心等待。

直到半夜两点后，瑞穗才开口提起了葬礼的事。

镜敬一直守在瑞穗身旁。他在医院里主动提出在场陪同，瑞穗二话没说就同意了。

"节哀顺变。"

我宽慰道。

"下午三点多时，我从公司给奶奶发了短信，说晚饭不用准备我的份儿，她立刻打电话给我，问我几点回家……那时候她还很精神的……我到家时已经过了八点了，一进门便看到她倒在楼梯下，一动也不动……"

她说着说着，声音里都带上了哭腔，十分令人同情，但若任由她陷在悲伤里，她又会失去判断能力，我便将话题拉了回来：

"我知道您现在很痛苦，不过，还是先谈谈葬礼吧。"

馅子先生没说话，看来我的做法是正确的。

瑞穗点头答应了，语气比方才稍微坚定了一些。

"您前几天找我们做预沟通时，我们已经说明了，S县只允许火葬。"

"我明白。后来我也和奶奶商量过了，她只是反复强调一定要和智史先生葬在一起。这下，确实不得不火葬了。"

"冒昧问一声，'智史先生'是哪位？"

"他叫近松智史，您就当他是我们家的亲戚吧。"

她说得很含糊，我虽好奇，却也不能过多介入别人家的隐私。而接着，她说出了完全出乎我预料的话：

"所以，火葬即可，不需要葬礼。我不打算多花时间和金钱，请你们安排直葬。反正我奶奶没什么要好的朋友，不会有几个人来吊唁的。最近，在S县办直葬的人也慢慢增多了吧？"

听馅子先生说，前几年要是有人在S县这么做，会被周围的人瞧不起，但近年来，年轻人之中出现了不同的声音，认为简单的直葬也挺好。教人摸不清这到底是暂时的现象，还是时代真的变了。

不过，回想瑞穗在做预沟通那会儿的态度，似乎并没有倾向于直葬。

选择直葬真的好吗？我不确定，可同样不知道该不该用亲身经历去说服她。

"抱歉，贫僧插一句。"

镜敬突然鞠了一躬，随后道：

"其实，美和子女士一过世，我便联络了近松智史先生的家人。联系方式是美和子女士给的，只通知了他们会办葬礼……"

瑞穗神色迷茫，问道：

"近松先生的家人是怎么说的？"

"他们说一定会参加。"

"哎呀，那得赶紧告诉人家，我们改成直葬了……"

"但要是因此导致近松家不满，说不定就不愿让美和子女士和近松智史先生葬在一起了……"

这下，瑞穗也为难了，紧紧咬住了薄薄的嘴唇。

"抱歉……是贫僧多事了……"

镜敬低下了头。他应该是出于好意才这么做的，见他如此内疚，确实让人不好意思责怪他。

"我知道了。只是我家没这么多钱，就算加上奶奶的遗产，恐怕都不够支付丧葬费……"

"即使不花大钱，也能办一场不错的葬礼哦。"

我信誓旦旦，镜敬也在一旁颔首道：

"如果您家没有相熟的僧人，贫僧很愿意尽一份绵薄之力。诵经、取戒名[1]等环节可以给您最低价，您意下如何？"

镜敬似乎确实踏实可信，比随便找个见钱眼开的僧人好多了。瑞穗想必也有这种感觉，她思考片刻，直视着镜敬，道：

"那就拜托您了。"

说完，她对着他深深叩拜，额头都贴在了地上。镜敬则双手合十，轻轻点头。这样一来，总算是初步谈妥了——高尚的僧人完成宗教环节，瑞穗也接受了火葬。而看金堂家中的用品和布置，也不像是经常招待客人，因此，事实估计和瑞穗说的一样，吊唁者人数不会多。考虑到这是我首次负责操办葬礼，来客少、规模小的话，或许更稳妥一些。

"新实先生，我奶奶的葬礼就麻烦您多费心了。只是我还有个任性的要求。"

"您请说。"

"要用特别的棺材。"

这个要求果真有些奇特，但在简朴的葬礼中，遗属们总会有些特

---

[1] 戒名是僧人给佛教徒死者起的法名。——译者注

殊的讲究。

实际上,"棺材"也颇有门道,比如高级天然木棺,它是用生长在自然界的树木制成的;比如贴皮棺,它乍看之下也有着天然木棺般的纹理,用的却是复合板材,价格低廉;比如布棺,它是在贴皮棺上再粘上布料……我正准备取出图册,向她一一说明,她抢先开了口:

"如果棺材招来了'绝对神',我们祖孙俩应该就能免受火葬带来的重罪了。"

我压根儿听不懂她在说什么,只得目不转睛地盯着她,等待下文。

初次见面时,我觉得她的薄唇和那清冽的声音十分匹配,都给人一种干练的印象。此刻,她却随意地微张着嘴,道:

"棺材由我来定制!这样才能把奶奶的灵魂从恶魔手中救出来!没错,没错……"

说完,她又停顿了一会儿,猛地倾吐道:

"奶奶和我都是'绝对神'忠实的部下。什么?您不知道'绝对神'?无知之徒!居然还能摆出一副若无其事的表情……啊,不,是我失礼了,请您别放在心上。不过,您记好了——这世上的一切都是'绝对神'创造的。奶奶心脏出了问题,所以皈依了'绝对神'。她病得不算重,但毕竟上了年纪,总会在意健康情况。而对'绝对神'来说,治疗心脏病简直是小菜一碟。然而,按照祂的戒律,用火是大罪。有了火,人类便有了战争。火是万恶之源,是灾祸的元凶。为了维持日常生活，我们可以少量用火，可也仅限于此。火葬按理来说是'禁忌'，会将人带入地狱，'绝对神'绝不原谅这种愚蠢的行为。我前几天去贵公司，就是希望问清楚，有没有火葬以外的方法，好提前为奶奶的后事做准备。遗憾的是，奶奶为了和智史老先生葬在一起，甘愿在死后被火化。于是，她打算每天早夜都祈祷，来求得'绝对神'的宽恕，哪知在得到神谕之前突然去世。这种时候，若要遵守戒律，还是得找个允许其他丧葬方式的地方，将她老人家的遗体运过去。可是，我在忠于'绝对神'的同时，也是奶奶的孙女。但凡可能，总归想实现奶奶的心愿。那么，直接选择直葬模式，静静送走奶奶，不闹出什么动静，便不会被'绝对神'发现了。即使万不得已，必须举行葬礼，'绝对神'想来也会原谅我们的。唯有一点——那就是要备好召唤'绝对神'的棺材。按戒律的内容，只要被祂那尊贵的双手包握住，即可赦免火葬的重罪。所以说，这口棺材是必不可少的。只有它可以让奶奶安眠。不然她在另一个世界依然得承受心脏病的折磨，永无止境。好了，现在您能理解了吗？"

是，我理解了。

我彻底理解了，这根本不是一场"新手"可以轻松办妥的葬礼，反而是一场非常难办的葬礼。

瑞穗一口气说了一堆"绝对神"的"戒律"，半张着嘴，死死地盯着我。我下意识地撇开了视线，看向镜敬。只见这位先前一直泰然自若的俊美僧人也哑然了。

我小心翼翼地问道：

"请问……除了棺材……那位'绝对神'还有其他戒律吗？"

"没有了。'绝对神'的戒律不算严格，不会束缚我们的行动，唯独用火是大罪。不能领悟到这一点的人肯定会受到可怕的诅咒！"

她说得太激动，薄唇沾上了唾液，形成了一层白膜。

两小时不到，葬礼的流程和细节便敲定了。

瑞穗确实只关心棺材的问题，除此之外几乎什么都听我们的，麻烦的仅有两件事——讲解棺材的材质，以及我的圆珠笔没有油墨了。在笔出岔子时，馅子先生用眼神提醒我：下次得记得检查书写用品。

由于要花时间准备召唤"绝对神"的棺材，火化环节延期一天举行，守灵夜和追悼会也相应地分别改为四月十九日和四月二十日。再加上瑞穗提出想对"绝对神"祈祷，美和子的遗体便暂时被安放在了金堂家，不必由我们带回公司代为保管。尽管眼下是春天，天气尚不炎热，但为了妥善保存遗体，我们仍会上门拜访几次，及时更换保冷剂。对瑞穗说明这一事项后，我们离开了金堂家。

"这似乎会是一场奇特的葬礼呢。恕贫僧孤陋寡闻，不过，一边信仰着那位'绝对神'，一边办佛教式的葬礼，真的没问题吗？而且瑞穗小姐只对棺木有要求，贫僧着实有些惊讶。"

镜敬苦笑道。

"那种涉及超自然概念的新兴宗教大多是这样，教义粗糙，细节靠信徒自己掂量，尺度灵活着呢。"

馅子先生总结了一下，镜敬恍然大悟，点头称是。

"总之，贫僧会做好自己的本分，有事还请联络，这是贫僧的手机号码。"

说着，他递出了一张写有自己联系方式的便条纸，我收了下来，并提出开车送他，他坚决推辞，然后渐渐走远，消失在了道路尽头，仿佛融入了浅白色的晨曦中。

"镜敬师父真了不起，金堂家不是他的香客，他却愿意为那祖孙俩付出那么多时间。"

"是啊，有那么出色的师父在，咱可不用出力啦，你一个人肯定能搞定葬礼的。交给你喽！"

"就算没有遇上镜敬师父，您也会嫌这场葬礼太麻烦，全都推给我吧？"

"你早晚会超过咱的，只要有个好机会，你就能成长得很出色。来，从金堂美和子的葬礼中好好吸取经验吧！"

给了一个牛头不对马嘴的回答后，馅子先生迅速地钻进车子，坐上了副驾驶席。

我抬头看着天，深深叹了一口气——好吧，看来得办一场完全不同于预想的葬礼了。

3

有些花店会和殡葬公司合作,为葬礼提供鲜花,在业务往来的过程中学到了不少东西,后来便改了行,投身于殡葬行业。

我所在的公司便是其中之一。从紫苑社长往上数三代的当家将原本经营的"北条花店"改为了"北条殡葬公司"。她常说,幸好他们家是转行的,家里每一代都继承了花店老板的手艺。事实也如她所言,我们公司布置葬礼会场时的鲜花设计,真不输给那些插花艺术家的作品。

紫苑社长至今仍亲自动手,灵活地操着一把花艺剪刀,细心地修枝剪叶,扎出漂亮的花束,甚至有同行公司来委托她,说一定要请她"出山",帮忙装饰祭坛。而每当这时,她总会满口答应。即使她再怎么强调自己热爱工作,我也担心她会累倒。

现在已是黄昏时分,今早我们和瑞穗在葬礼的各项事宜上达成一致后,我回家补了一觉,才来公司上班。

落座后,我将一沓付款申请书放在手边,打开会计软件,按申请书上的内容陆续输入数字。我上一份工作是软件工程师,所以不知不觉间,这里的IT业务全划分给了我。制作网站自不必说,连用电子表格管理排班等与电脑沾边的工作也都成了我的事。

馅子先生和高屋敷先生去了医院,办公室里只有我和紫苑社长。

我缓缓起身,低头望向窗外那成排的樱花树。这阵子正值花期,满树的樱花盛开,看起来仿佛一蓬蓬粉色的棉花糖。

当然,我只是假装赏花,实则偷偷瞄着紫苑社长。

她处理鲜花时,分外有架势,她本人对花艺也特别感兴趣,不仅买了相关书籍,还会握着那支常用的钢笔写下各种心得感想。我觉得她干脆去当插花艺术家算了,想必比做现在这行更合适。我不禁试想着她将盘起的长发放下,穿着和服,端坐在榻榻米上的模样,又把想象中的她与身穿黑色西装的她重合了起来……

"——新实君?你在听吗?电话响了哦。"

我一不留神,沉浸在妄想之中。可她毕竟是我的老板,没那么好糊弄,不会因为我说自己在发呆就替我接电话。但愿她没注意到我在偷看她。

"新实君,这里是公司。"

糟了!还是露馅了!我感到耳朵阵阵发烫,赶紧拿起话筒,道:"您好,感谢您致电北条殡葬公司,敝姓新实。"

"新实先生您好,我是金堂瑞穗。我知道自己的要求很唐突,但请您将葬礼再往后延一天,'绝对神'尚未降临到棺材上。"

啊,这番话听得我头都疼了。我用拇指和食指捏了捏眉心,请她说明情况,她口中蹦出了一堆奇怪的句子,诸如"'绝对神'的戒律""火葬充满罪孽"等,我只觉得脑袋嗡嗡作响。简单总结一下,她的意思不外乎棺材还没完成,希望我们延期举办葬礼。

"瑞穗小姐，您之前也表达过您的意愿，不过我还是想问一句，您非要那口有'绝对神'降临的棺材，是吗？"

"那是当然。不然就违反戒律了，会害我奶奶不得安息，在九泉之下继续因为心脏病而受苦。"

"可您也提得太突然了……"

"那又如何？您能负起责任的吧？"

我的话被她堵住了。紫苑社长举起手中的便条纸，上面潦草地写着：场地和焚化炉的租借时间都可以调整。

这就是说，我得尽快联系殡仪馆，更改葬礼和火化时间，然后打电话给备餐的给丸庵先生，麻烦他晚一天为守灵夜和追悼会后的两场聚餐提供菜品……不对，得先问问这会不会和其他葬礼聚餐的订单起冲突……我受不了了，实在太烦人了。用普通的棺材不就行了？对了，我不如告诉她，延期得向殡仪馆支付违约金，保冷剂同样不是免费的。如此一来，她再怎么迷信，或许也……

"破戒之人会遭到可怕的诅咒！到时候，受罚的不仅是我和奶奶，当然还有您！我们全将陷入无尽的痛苦！"

听着她的话，我想起了她那在迷茫之下微微张开的双唇，便下意识地答道：

"我明白了，我们会安排延期的。改完时间表后再联系您。"

说完，我忙不迭地挂上电话，仿佛话筒会烫伤我的掌心。

"确定要延期了对吧？那得做一堆协调工作了。"

祖母的葬礼　　091

紫苑社长当即催我赶紧行动。见她这样，我甚至没力气提出先让我休息一会儿了。

"咱回来了。嗯？新实你咋了？"

馅子先生和高屋敷先生回到公司，见我神色有异，忙问发生了什么。而我的内心疲惫不堪，一句话都说不上来。

经过与各方的沟通联络，守灵夜定在了四月二十日傍晚七点，追悼会定在了四月二十一日中午十一点。

我在电话中与瑞穗小姐反复确认，希望她别再更改时间。

随后，我挂断电话，心想着总算能喘口气了。

"对了，你联系过诵经的师父了吗？"

高屋敷先生难得对我开口，我这才想起来，还得找一趟镜敬师父。

"我还真忘了。嗯……镜敬师父的手机号码在哪儿来着……"

"镜敬师父？"

高屋敷先生不解。我一边寻找他的联系方式，一边解释了整件事的来龙去脉。

"哦，是云游的僧人啊。他为人如何？"

"是一位让人尊敬的师父。连长乐山医院院长都说，希望他能在等墨市定居呢……找到了！"

原来，我将写有他手机号码的便条纸夹在了随行记事本里，可仔细一看，却感到不太对劲儿。

这是怎么回事？

算了，不管了。反正先打电话再说。

我摸向电话机，与此同时，一阵上楼的脚步声传入了我的耳中，步伐急促，接着办公室的门便被人猛地推开了。

"你们就是那家对金堂瑞穗唯命是从的殡葬公司？"

"香织，你别这样。这么说话很没礼貌。"

来者是一名有些神经质的女性和一名文弱的男性。

我准备先将他们带去接待室，岂料女性直接拒绝，高声叫嚷了起来。无奈之下，我和紫苑社长只好在办公室与他们对话。交谈之下，得知男性名叫近松让，女性名叫近松香织，两人是兄妹，并且是近松智史的孙子孙女。

"我们好几年没有美和子的音信了，哪知道这次直接收到了她的讣告，实在太惊讶了。虽然她是我爷爷的情妇，但我爷爷总归是重视她的。与其和没有血缘关系的孙女一起生活，她还不如回近松家过好日子呢。"

香织在阿让身旁感慨万千地说，语气很是悲痛。

"情妇？没有血缘关系？"

我愣住了，鹦鹉学舌般地重复了一遍。

"咦？瑞穗没告诉你？"

接着，香织便无视了阿让的劝阻，将故事原原本本地说了出来。

羽黑市位于S县北部，近松智史是当地一家金属加工企业——近松工业的社长，美和子是他的情妇。近松的妻子——育代女士也默认了他俩的关系，所以美和子住进了近松家，三个人就这样形成了奇特却稳定的三角关系。可是，随着企业业绩恶化，这份特殊的男女关系也彻底结束了。智史本就是个急性子，事业不顺让他更为焦虑，进而影响了家里的气氛。育代将责任全推给了美和子，而美和子是个识趣的人，留下了字条，说要去和妹妹一起生活，便离开了。这已是十八年前的往事。

之后，近松工业大量裁员，又成功开展了新业务，重现辉煌。育代见证了这一切，在美和子出走八年后（即距今十年前）撒手人寰。

智史觉得自己对不住美和子，一心想要道歉，于是在妻子离世后全力寻找美和子，可怎么也找不到。或许是强制裁员和妻子去世给他造成了很大的压力，他积郁成疾，脑梗发作，经过医院救治，虽然保住了性命，却只得瘫在病床上度日，整个人了无生气。

这时，他收到了美和子的来信。

信中写道，她在上了年纪后嫁给了一名带着孙女的男性，如今对方已经入土，就剩她和继孙女两个人，还好她们相处得不错。而她至今还爱着智史，但对育代心存愧疚，因此并不打算与他相见。

读了这封长信，智史喜出望外，赶忙回了信。然后，他又收到了美和子的回信。尽管仍是信件的形式，可回信速度倒是很快。

就这样，两人开始了书信往来。

信越写越多，智史也越来越有活力，还准备接受原本一直推拒的复健训练。他将收到的来信放在枕边，每日摩挲。

另一方面，他坚决不与美和子见面。对此，他带着自信无比的笑容，解释说他并非是顾虑美和子的心情，而是要等到自己痊愈后，和她来一场"意外的重逢"。

只是人算不如天算，他最终在五年前病逝了，未能实现心愿。阿让兄妹俩写信给美和子，告知了爷爷的死讯，请她来参加葬礼，她一直没有回信。后来他们又给她写过几次信，结果均因无人查收而被退了回来……

"我们的奶奶育代十分严格，从不允许我们撒娇，美和子倒像是在替奶奶疼爱我们似的，对我们很温柔。我们爸妈走得早，美和子跟我们的年龄差距也大，但在我们心里，她不太像是爷爷的情妇，更像是我们的妈妈。而她也是真的将我们视如己出。有一次，香织爬到树上玩，不慎掉了下来，美和子把自己当成'肉垫'，接住了香织，却因此伤了右腿，是复杂性骨折，不得不在膝盖里植入人工关节，没法像原先那样正常走路了。"

说着说着，阿让的脸上露出了怀念的神情。

"是啊，多亏了她，重病的爷爷拥有了心灵支柱，一心惦记着与她重逢，所以多活了近五年。我曾想独自去见见她，爷爷大声骂了我，不许我自说自话。他当时那副样子啊，比平时更吓人呢。"

香织的表情也变得柔和了，只是下一秒又满面怒容，道：

"美和子是我的救命恩人，我自然不介意她和爷爷葬在一起。但金堂瑞穗那个小丫头却装腔作势地包揽了葬礼，我就是看不惯她那副样子！什么'绝对神'？美和子从没提起过那玩意儿！"

"她说是美和子女士心脏不好，便皈依了'绝对神'。"

"鬼知道这回事！我看是那小丫头自己乱猜的，而且她还擅自把葬礼延后。我们兄妹俩都在公司里担任要职，被她搞得离岗好几天，说不定会影响到业务呢！你明白其中的严重性吗？"

香织傲慢地抬着头，我有一种不好的预感。

果然，她下令了：

"你去跟金堂瑞穗说，按原计划举行葬礼。"

完了，真是怕什么来什么。

"非常抱歉，我们已经做好延期安排了。"

"啊？你真是帮倒忙！"

"可瑞穗小姐本人是这么希望的……"

"那你就再安排一次，把日程调整回来！"

天啊！你们别胡搅蛮缠了！

我恨不得直接顶撞回去，但若是冲动行事，我还得挨社长的骂，便劝道：

"我们有我们的立场，难以违背丧主的意愿……要不您二位直接和瑞穗小姐协商一下？"

"跟她讲理是没用的！她会立马搬出那个什么'绝对神'！"

"我们也说服不了她……"

我们就这样相互推诿,最后阿让都来帮我说话了,香织虽然不服气,却只得铩羽而归。

"辛苦你了。"

紫苑社长始终抱着公事公办的态度,并没有表扬我方才冷静地接待了"不速之客"。我略微感到失落,便看向了馅子先生,想要寻求安慰。他正在闭目沉思,但忽然睁开了眼,似乎是感受到了我的视线,道:

"新实,干得不错呀,挺会对付客人的。"

他明明什么都没看,居然能张口就夸。

"新实君,记得联系镜敬师父。如果他时间上不方便,你就要抓紧找其他师父了。"

"好,我又忘了。"

我垂着肩回到办公桌前,准备打电话。

等等,那张便条纸呢?怎么不见了?

"在这里。"

粗厚的嗓音响起,我一看,高屋敷先生坐在自己的工位上,手里拿着我要找的便条纸。

"高屋敷先生,它怎么跑您那里去了?"

"一通电话就要求德高望重的师父改时间是很冒昧的。"

他有些答非所问,同时站了起来,道:

"你应该亲自跑一趟,当面拜托人家。走,我跟你一起去。"

"咦?"

在等墨市的某条巷子里,开了一家名叫"特力"的咖啡店。我们和镜敬师父约在那里见面。他先到一步,坐在二楼靠窗的桌边等着我们。

"抱歉,突然叫您出来。"

尽管邀请他不是我的主意,可高屋敷先生一声不吭,只得由我来开口致歉。

"施主不必在意,有要事相商时,的确是当面沟通为好。"

"谢谢您的体谅。这位是敝公司的员工——高屋敷英慈先生。"

高屋敷先生冷冷地鞠了个躬,便坐了下来。点完单后,我们讲述了美和子女士葬礼延期的"突发事件",镜敬从头至尾没有露出一丝不耐烦,只是点点头,取出随行记事本,放在桌上,道:

"贫僧二十日那天没有其他安排,可以为守灵夜诵经。"

"太感谢了。"

事情就这样定下了,从见面起仅仅花了不到三分钟。

真该打电话,见面没有任何意义。

"镜敬师父,请问您属于什么宗派?"

高屋敷先生发问了,他无疑是为了缓解尴尬。

"贫僧是双丽宗的,本家是……"

镜敬答出的是一个被写入了历史教科书的名门宗派。他接着道：

"双丽宗是那家宗派的分支，总本山[1]在A县。"

"您是从那么远的地方来到S县的？"

"是的，贫僧离开寺里，想用自己的眼睛看看市井百姓的生活。这是去世的师父教给贫僧的。"

"原来如此，您有一位好师父。"

高屋敷先生答道。

我还是第一次见他这么积极主动，莫非他对佛教有兴趣，所以才特地将镜敬师父约出来？可干我们这行的，和僧人交谈的机会要多少有多少。

"您来到S县时，想必相当惊讶吧？没料到僧人和葬礼有关。"

闻言，镜敬那张端正秀美的脸庞上露出了一个略带困惑的笑容，回答说：

"要说惊讶，也确实惊讶。毕竟世人至今仍觉得，'葬礼上的念经和尚'就相当于'贪婪'的代名词。"

在直葬尚未普及，大家基本都办葬礼的年代，确实有一些僧人会给出不合理的报价，以此牟利。

当时，整个日本都像现在的S县一样，以佛教式的葬礼为主流。那么，殡葬公司必然会联系僧人前来负责一些佛教流程。这种做法本

---

1 总本山是日本佛教概念，指特定宗派中，被赋予特别地位的寺院。——译者注

身没有问题，但不少僧人看准了遗属对很多事项"吃不准"、不懂行的特点，以"布施"的名义向他们开出了不合理的高额诵经费及戒名费。从原则上来说，布施本质上是遗属的心意，寺院不该强行索要，然而也有些僧人因为对金额不满意，诵经只诵一半，或者当着吊唁者的面刁难遗属。

对寺庙来说，布施是重要的收入来源，可这不该由遗属来承担。于是，这些品行有亏的僧人不知何时就被人揶揄成了"葬礼上的念经和尚"，在社会上大受批判。

直葬化作常态后，"葬礼"基本上退出了历史的舞台，"葬礼上的念经和尚"自然也不复存在。S县有良心的僧人有很多，但必须承认，"有问题"的绝对更多。

再者，由于国民几乎"抛弃"了葬礼，僧人的收入锐减，全国有半数以上的寺院都成了"废寺"，剩下的则变为居民们的咨询处、瑜伽教室、禅学课堂等，以此开源增收。

不知何时，宗教学者也在电视节目中发表评论，称幸好葬礼在日本算是"绝迹"了，这才有了健全的寺院经营及存续模式。

想到这里，我正暗暗担心镜敬是否抱有这种想法，他却道：

"贫僧以为，葬礼上出现无良僧人实属无奈。"

这番话完全出乎我的预料，高屋敷先生似乎也大感意外。

"此话怎讲？"

"直葬是将逝者直接火化的丧葬模式，这着实有些乏味了，缺乏对逝者的哀悼之心。而为逝者举办葬礼，为逝者哀伤，其实是一种哀伤护理[1]措施。通过一场仪式，帮助人们接受珍爱之人逝去的事实。就是说，为了让人吊唁逝者的灵魂，正视他们的死亡，葬礼是必需的。当然，绝大部分僧人都会为遗属着想，尽力提供支持，可其中难免混入一些无良之人——这便是贫僧的观点。"

那些坚称葬礼有必要的人同样秉承着这样的观点。

但我没法持肯定的态度。

我奶奶便是直葬，我在她火化后将她的遗骨下葬，深深哀悼。看着祭坛前空落落的，不再有她的遗体，我感到很悲伤，却也接受了她的离世。

所以我很想说，即便没有葬礼，同样可以哀悼逝者，同样可以承认他们已不在人世的事实。身为殡葬行业的从业者，我不该作出这样的发言，而正因如此，我才总不明白自己欠缺了什么。

"原来外地的僧人是这么想的，很有意思。"

"贫僧尚在修行，却贸然向专业的殡葬人员提出了不成熟的见解，着实惭愧。只是，这并不代表贫僧认可僧人向遗属们索要金钱。希望二位不要误解。"

他露出了一个秀美动人的微笑，品起了女服务员端来的红茶。

---

[1] 哀伤护理（grief care）指在合理时间内引发哀伤者正常的哀伤反应，以提升重新开始正常生活的能力，协助哀伤者处理因失落而引发的各种情绪困扰。——译者注

"高屋敷先生,您为什么要特地将镜敬师父约出来?"

走出咖啡店,我们刚和镜敬师父道别,我便急着问道。镜敬师父虽然爽快地应约而来,没有一句怨言或疑问,心里肯定也是惊讶的。

高屋敷先生并未作答,而是快步走了起来。

"您这是要上哪儿去?"

"我今天直接回去了,拜托你随便找个理由应付社长。"

"您别为难我呀……"

他无视了我的抗议,高大的背影很快便挤入了人群中。

4

今天是为金堂美和子举行守灵夜的日子。

高屋敷先生昨天休息,今晚值班。两天前我和他一起去了咖啡店,之后就没再见过面,因此我始终不知道他后来到底去了哪里。

午后,我与馅子先生前往金堂家,那一带的环境仍是那么幽静,只是多了一份葬礼开始前独有的紧张感。

通常情况下,遗体入棺的环节会在殡仪馆进行(如果遇到禁止这项操作的殡仪馆,我们便在公司将逝者入棺),不过丧主瑞穗说要亲自准备棺材,金堂家也足够大,我们打算在那里把美和子女士送入棺中,接着开车运去殡仪馆。

然而,在看到棺材的一瞬间,我的大脑停止了思考。

"这是'绝对神'降临的证明。"

瑞穗介绍道。

用一句话来形容,这口棺材简直就是"宇宙"。

它的表面贴了一层布料,布上画满了星星,乍看下像是星象仪,可构图乱七八糟,颜色也是俗不可耐的炫金色。面对这种品位低劣的东西,我实在无法直视。

可若是我不小心实话实说,不知道瑞穗又会冒出什么言论,果然还是该闭紧嘴巴,专心干活。

对待遗体时,无论多么慎重都不为过。更何况丧主在场盯着,我们必须慎之又慎。

眼下就是如此。当着瑞穗的面,我丝毫不敢懈怠,小心翼翼地完成了入棺环节。

"我们要先将逝者送去殡仪馆,最后跟您确认一次——请您下午五点过来。"

说完,我们开车驶向了等墨殡仪馆,与紫苑社长汇合,做起了守灵夜的准备工作,一直忙到五点才结束。

瑞穗按时等在了遗属休息室,紫苑社长在我身旁,提醒我道:

"如果有意外情况,我们会帮你的,别太紧张。"

但被她这么一说,我反而紧张了起来。

我的搭档本该是馅子先生,他却突然说那口棺材特别"吸睛",想趁着火化前再看几眼。于是将我留在了会场里。他显然是嫌烦,想

祖母的葬礼　　103

尽办法与瑞穗撇清关系。

"总之，今天请您多多关照了。"

瑞穗郑重地对我行了礼，显示出了超越年龄的沉稳干练，仿佛是个讲规矩、守礼貌的普通人，想不到下一刻，她就说道：

"我没有别的要求，只要您能将奶奶送入'绝对神'降临的棺材即可。"

毫不意外，又是一番神神道道的话。我正不知道该如何回答，门口处传来了轻轻的敲门声，接着门被打开了，镜敬就站在门口。

"镜敬师父，请问有什么指教吗？离我们约好的时间还有一会儿呢。"

紫苑社长问道。

在临近葬礼时，我们必须与请来的宗教人士再次商讨，做最终确认。但这一环节一般会在距守灵夜正式开始的三十分钟前进行。这场守灵夜定在傍晚七点，所以我们本应在六点半沟通。

"贫僧是被高屋敷先生叫过来的。他打来电话，让贫僧早点到。"

"高屋敷先生约了您？"

"是的。"

此时，高屋敷先生慢条斯理地出现了，他将镜敬挤进了休息室，自己也走了进来，并顺手关上了门。

"高屋敷先生，您怎么来了？您今天应该在公司负责接电话。"

"社长，抱歉，请给我一点时间——镜敬师父，今天来的吊唁者比我们预料的多，需要您将诵经的时间延长到一小时。"

他在说什么？明明没几个吊唁者。

我刚想纠正，高屋敷先生便用视线制止了我。他的眼神凌厉得仿佛鬼神。

"一个小时吗……"

"是的。虽然您尚在修行，可作为双丽宗的僧人，这点儿时长不成问题吧？"

"这……"

"莫非您做不到？嗯，这也是理所当然的。"

高屋敷双目灼灼，瞪着镜敬，下了定论：

"因为你根本就是个假和尚。"

假和尚？

镜敬强忍着情绪，让自己那张秀美的脸蛋不至于扭曲。他抬头看向高屋敷先生，高屋敷先生则傲然地低头盯着他。

我、紫苑社长、瑞穗三个人屏住了呼吸，注视着他们二人。

这时，敲门声又一次响起，随即门被猛地打开。

"不好意思，打扰你们讨论事情啦。"

馅子先生一边打招呼，一边走了进来。一见这一幕，他打量着周围，讶异道：

"这是咋回事？"

"最先让我产生怀疑的，是你的字迹。"

高屋敷先生没有理会馅子先生，自顾自地说了起来。

"我看到写着你手机号码的便条纸，字迹拙劣，觉得很奇怪。要知道，优秀的僧人会将日常的生活视作修行，在各方各面努力提升自己。高僧们提笔写下戒名时，那一手字漂亮得令人惊叹。即使你仍是修行之身，字也不至于太差。然而，你的字迹却透着品行不端的僧人所特有的肤浅。这怎么看都不对劲儿，我就将你约到了咖啡店。当你翻开随行笔记簿核对自己的行程时，我瞥到了写在上面的内容，疑心随之变成了确信。尽管长乐山医院院长和新实称赞你品行高尚，但事实绝非如此。"

高屋敷先生说得不错，即使是奉承，我也很难称赞镜敬的字。前天我从笔记簿中抽出他留下的便条纸，险些认不清上面的数字，这才会感到意外。

只是，光凭这些，就能如此咄咄逼人地揭发对方吗？果然，镜敬也满脸困惑，反问道：

"字迹潦草确实是贫僧不周到了，没想到施主仅仅因为这一点便毁谤贫僧。"

"不止这一点。关键是，你在自己的宗派上露了马脚。双丽宗的总本山不在A县，在B县。事后我找双丽宗的僧人打听了，结果没人认识你。所以，你没有能力长时间诵经。"

原来那天离开咖啡店后，高屋敷先生是去找双丽宗的僧人了。

"证据够多了,你还能大言不惭地说自己来自双丽宗吗?"

"——哎哟,我认输。"

镜敬吸了一口气,唇边漾起了笑意。

"高屋敷先生,你可真了不起,能从区区字迹看出那么多。如你所说,贫……我的确是假和尚。"

镜敬暴露了真实身份,却一副满不在乎的样子。

他的笑容俊美得让人生畏。

"……你骗了我们吗?"

我问道。

"嗯,但我没有恶意。"

"你竟好意思这么说?"

"要是我心怀不轨,你觉得我会乐意与老人聊天,又通宵陪你们商量葬礼吗?"

"这——"

我犹豫了一刹那,本想咬定这也是有可能的,却被他抢先道:

"显然不可能吧?有些话由我亲自来说,或许有几分自大,不过我是个富有博爱精神的善心人,尽心帮助他人,从不觉得麻烦。作为回报,我会参与葬礼,获取一点布施。这也不至于遭报应哦。"

布施的具体金额受多种因素影响,比如地域、比如逝者家与寺院的关系等,因此很难报出一个普遍的市场价。不过,仅靠诵经和取戒名,便能得到几十万日元,粗略地换算成时薪来看,出价算是相当高了。

这个假和尚之所以在金堂美和子去世后火速联络了近松兄妹,不是出于善意,而是为了尽量增加吊唁者,扩大葬礼规模,以提高要价。

高屋敷先生紧盯着镜敬,道:

"你一心想发葬礼财,装成云游僧人,获得了当地百姓的信赖,是吗?"

"坦白说,正是这样。檀家制度[1]早就有名无实了,普通人和僧人之间的关系越来越淡漠。假如我热衷于志愿者活动,引起老人们的注意,一旦他们要办葬礼,便乐意叫我这个假和尚去办事,却不找当地的僧人。结果老人们高兴,我也获得一定的收入,可谓一举两得。等快瞒不住了,我就去下一个城市。"

"你是从哪学的经?"

"我以前和你们一样,在殡葬业工作,经常听到经文,自然记住了。取戒名的方式也是这么学来的。我已经是个能干的僧人了。对了,瑞穗小姐——"

突然听到自己被点名,瑞穗的双肩剧烈地颤抖了起来。

"瑞穗小姐,您愿意继续委托我吗?"

"别开玩笑了!"

我挡在瑞穗身前,护住了她,继续叫道:

---

[1] 檀家制度是指香客与某家寺院结成固定的关系,长期布施金钱或财物。——译者注

"你连头发都不剃,还想装和尚,我真是看不下去了。"

"但没有任何规定说,只有剃度的人可以在葬礼上诵经呀。"

剃度是出家人的象征之一,虽然不同宗派有不同的规矩,不过的确没有"剃度才可诵经"的硬性规定。说得极端些,任何人皆有资格承担诵经的任务,只要遗属同意即可。

镜敬看出我无法反驳,无言地流露出了胜利者的表情,接着道:

"我为装成僧人一事向你们道歉,但即使没了'镜敬师父'的身份,我依然能以个人身份出面诵经啊。"

"可你考虑过瑞穗小姐的感受吗……"

"她不是只关心棺材的问题吗?守灵夜马上就要开始了,你们还来得及再找其他僧人?"

他击中了我们的痛处。确实没有时间去找人顶上了。即使瑞穗不在意,佛教式的葬礼上少了僧人也未免太不像话。

"看来,你们明白自己没有选择余地了。"

镜敬行事如此卑鄙,他那完美的容颜和姿态却依旧透着威严。

"你们也许不相信,我前两天在咖啡厅说的都是真心话,我坚持认为,为了让人吊唁逝者的灵魂、正视他们的死亡,葬礼是必需的。所以我才选择当假和尚。不然凭我的才智,完全可以找到更轻松的赚钱方法……哎,扯远了。瑞穗小姐,您觉得我的提议如何?"

"只要能让奶奶睡在'绝对神'降临的棺材里,我没什么意见……"

"适可而止吧,别再胡说了。"

祖母的葬礼

高屋敷挺身而出，站到了镜敬面前，将瑞穗挡在身后。

他用力攥紧右手，对着镜敬就是一拳。镜敬摔倒在地，一手捂着面颊，一脸难以置信地仰视着高屋敷，问道：

"你、你这是干什么……"

"立刻滚！"

高屋敷厉声说道。话语虽短，魄力却强得惊人。只听他继续说：

"就算你拥有博爱精神，就算你让别人感到愉快，从你假扮僧人的那一刻起，你就不配诵经了！我会向行业协会举报你，你以后休想再顶着僧人的身份浑水摸鱼！"

说着，他重新举起了拳头，吓得镜敬连滚带爬地逃了出去，免得再吃一拳。

瑞穗看向休息室的大门，重重地叹息道：

"他确实为等墨市的市民尽心尽力，我有点同情他……"

"不，他不但亵渎了宗教，也没有任何反省之意，妄图按原计划给美和子女士的葬礼诵经，活该落到这种下场。"

"这只是您个人的见解吧……"

"宗教不需要那么多解释方式。"

"原来如此，的确有人抱着这种观念——请问，僧人的空缺怎么解决？"

"是啊，高屋敷先生，您刚才一时冲动，这下问题大了。"

我应和道。

我本以为他是个沉默寡言的人，想不到内心蕴藏着这般激情。我看了看钟，现在五点半，哪怕立即联系其他僧人，也找不到能临时补位的。

"即使最重要的棺材已经备妥了，葬礼上总不能没有僧人诵经……果然只能再延期了……"

瑞穗犹豫地说着。

延期……又要延期吗？

我脑海中回响起了近松香织那歇斯底里的叫唤声。

然而，社长还是不动声色，不见丝毫焦虑。她冷静地开口道：

"高屋敷先生，事已至此，您应该能负起责任吧？"

"嗯，我正打算这么做。"

说完，他伸出左手，一把揪住了自己那头长发。

"这场葬礼，请交给贫僧。"

他就这样取下了头发，露出了剃度后的光头。

原来，他一直戴着假发。

"事态紧急，我就照实说了。高屋敷先生是一名僧人，法号慈英。敝公司考虑过推出包含僧人诵经环节在内的葬礼套餐项目，便在征得他本人的同意后，邀请他加入了团队。只不过，他主张说，如今还精研佛道的人比他更崇高、更有资格负责葬礼上的宗教工作，所以入职后，他一次都没履行过僧人的职责，倒是一己揽下了所有的力气活,成为敝公司不可或缺的工作人员。"

紫苑社长说明了情况。

是的,有些殡葬公司会提供此类组合服务。因为僧人是自家雇的员工,布施的金额会有折扣,而这笔钱又全归公司,是一项不错的营收;同时,遗属还不必担心被贪财的僧人"敲竹杠"。总之,是一种互利共赢的模式。尽管有人会误以为殡葬公司自说自话,勾结僧人,胡乱设计项目,可只要这名员工是经过正式剃度的出家人,该项目便是合法的。

我听说,大部分僧人员工都以辅助性工作为主,尽量不在遗属面前露脸。毕竟,若被遗属看到僧人混在员工之中准备葬礼,说不定会产生不必要的误会。高屋敷先生估计正是因此才戴着假发,并避免和遗属交涉。

这下,我终于能理解了。他如此敬重一心向佛的僧人,难怪会对假冒僧人的镜敬挥拳。

"瑞穗小姐,只要您同意,今天的守灵夜就由慈英师父来诵经吧。由于我们的疏忽,给您造成了麻烦,所以本次不收取您的布施。"

"那我没意见。"

"不,社长,我们出了这么大的纰漏,得向瑞穗小姐支付赔偿金才行。"

说着,高屋敷先生用斥责的眼神瞥了一眼馅子先生,似乎是不满他没能识破镜敬的真面目。

不过，这多少有些强人所难了。谁能仅从字迹上看出疑点？至于镜敬说起双丽宗总本山的地点时，也只有身为僧人的高屋敷先生才听得出问题，并且问得到双丽宗是否真的存在一名法号镜敬的僧人。借推理小说来形容的话，就是侦探使用自己的独家情报破了案，对读者很不公平。

想不到馅子先生略显难为情地挠了挠头，道：

"对不住呀，咱当时的注意力都放在别的事上了。"

"什么事？"

"丧主的目的。"

馅子先生慢悠悠地回答了高屋敷先生的质问，又转而对瑞穗道：

"瑞穗小姐，您为了实现某个目的，特地捏造了一个神仙，又装出一副迷信的样子，没错吧？"

这下，高屋敷先生、紫苑社长和我都彻底愣了，听不懂他的话。

"您在说什么？"

瑞穗半张着嘴。

"您装傻也没用。从一开始，您的言行举止便都是破绽，绝对另有目的。咱不清楚您究竟想做什么，但仔细想想，倒也有线索——您实在太在乎棺材了，简直到了异常的地步，假装信什么神，反复说火葬是大罪，非让咱们同意您自备棺材。然而，那个'绝对神'是您在美和子女士去世后才构思出来的吧？另一方面，您除了棺材，对啥都不上心。唉，咱本来当您是走火入魔了，可事实上，您单纯是顾不上其他的了，满脑子只惦记着自己的计划能否实现。就在方才，咱把这些事全串联起来了——之前，咱要将遗体入棺，抬起棺盖，意外听到它发出了轻微的声响。在会场里重新检查的时候也是同样。说明它是空心的，您往里面藏了东西，再蒙上古怪的布料，弄出了这么一口贴布棺。这下就说得通了。既然您有这种特殊需求，那肯定得亲自准备棺材。所以，您到底藏了什么？"

瑞穗仍微张着嘴，却说不出话。

"咱再问您啊——听同事说，您来咱们公司做过葬礼的预沟通，咨询有没有火葬以外的丧葬方式。因为美和子女士不久前感冒了，就怕有个万一，是吧？可咱灵光一闪，忽然意识到，您是怕火葬会暴露真相，让人看出骨灰里少了某样本该存在的东西。于是，咱想起了长乐山医院院长和近松兄妹说过的话。院长提起过，美和子女士身体没啥大毛病，就是年纪大了，腰腿不利索。近松兄妹呢，又讲了他们小时候，美和子女士右腿复杂性骨折，往膝盖里装了人工关节。咱本以为是长乐山医院院长老糊涂了，忘了美和子女士的旧伤。可在拜见遗体时，咱发现她的右腿上并没有手术痕迹。"

原来如此。馅子先生没来休息室参与最终确认环节，选择留在会场里，是为了调查棺材和遗体。

"总而言之，这位逝者并不是真正的美和子女士。您藏在棺材里的，是'人工关节'。想要完美地假扮成她，当然少不了这玩意儿。"

美和子当年植入的是金属材质的人工关节，不会被火烧毁。若是骨灰中没有那只关节，便说明被火化的是个"冒牌货"。

可是……

"馅子先生，别问了。等收纳骨灰的时候，一看便知道逝者生前没装过人工关节。"

是的，火化结束后，骨灰和残存的遗骨并不是乱作一团的，大致上还看得出人形，且与逝者入棺时的姿势基本一致。逝者右膝部位没有人工关节的事实必将一目了然。

"没错，只不过棺材里还藏着另一样东西，能够掀起一场小型风暴，吹散骨灰，好掩盖右膝部位没有人工关节的破绽。而那个爆炸物，就是心脏起搏器。"

如果逝者体内有心脏起搏器，就必须在处理遗体时取出，否则势必会在火化期间爆炸。我一时间很难相信，但看到瑞穗的瞬间，便明白馅子先生猜对了。

她终于咬紧了微张的唇，挑衅似的瞪着馅子先生。

馅子先生继续道：

"想要隐瞒没有人工关节的事实，不火葬才是最好的。咱不晓得您具体从哪听来了相关规定，反正S县真的只允许火葬。而最关键的是，这位逝者虽不是美和子女士本人，但她强烈渴望与近松智史先生同墓，于是唯有接受火葬。这下，您想着先争取直葬，免得邀请近松兄妹，接着偷偷往棺材中放一只人工关节，等火化结束，您再交代殡葬人员，说只需捡拾部分遗骨，剩余的部分则和人工关节一并处理掉即可。然而，镜敬通知了近松兄妹。您得知他们要来，便唯有举办葬礼。眼看着逝者的秘密保不住了，您想出了最后一招，那就是炸了棺材。心脏起搏器会在火化过程中炸开，把遗骨弄得乱七八糟。人工关节混在里头，根本看不出破绽。没人会发现逝者不是真正的美和子女士。您或许也考虑过将起搏器放在陪葬品里，但万一殡葬人员检查那些东西，您不就前功尽弃了？思来想去，您决定把遗体留在自己家，以防被人瞧出问题。话说回来，假美和子女士猝死后，您吓坏了，急忙想出了对策。考虑到情况那么仓促，这的确称得上高招。您还不着痕迹地强调'奶奶心脏不好'，这一手干得真漂亮。长乐山医院院长曾多次在工作中出错，差点酿成医疗事故，在处理遗体时忘了取下起搏器也不足为奇。虽说装有心脏起搏器的患者都会收到一份起搏器情况记录本，但您咬定那是奶奶自己收着的，您不知道在哪就是了。至于近松兄妹，他俩与美和子女士十几年没见，您并不担心让他们看到逝者的遗容。哪怕那张脸跟他们的记忆有出入，也只会被认为是岁月导致的变化。您啊，真是好胆量。"

馅子先生似乎打心眼儿里对瑞穗感到佩服，在长篇大论后，还意犹未尽地点着头，啧啧称道。

"弄到心脏起搏器和人工关节比您想象的花时间，是吧？故意在准备期间出错的话，就能把葬礼延后，直到备齐您需要的东西。"

他的推理滴水不漏，瑞穗继续咬着嘴唇，似乎无法反驳。

近年来，医疗器材全在朝轻量化的方向发展。心脏起搏器在刚投入应用时，重达几百克，如今平均才十来克；人工关节虽使用了金属材质，想必也相当轻巧。两者都弄不出多大的声响，馅子先生是怎么听得见的？我明明和他一起抬棺，却完全没注意到。

他并非是将麻烦的葬礼推给我，而是为了集中精神，看透瑞穗的真实意图。

"原来，这位逝者的腿上没有安装人工关节。我们和她有过一面之缘，足够细心的话，通过她的走路方式说不定就能看出端倪了呢。"

紫苑社长难得露出了苦笑。

"非常抱歉。"

高屋敷先生则是一脸佩服，道：

"馅子先生，您是按自己的方法在追查遗体的身份吗？要不是为这件事分心，您应该也会从字迹上看出镜敬是个假和尚。这点小事，谁都能察觉的。"

"不，八成没人看得出来。而且咱也是刚刚才想明白，这位逝者顶替了美和子女士……"

"别擅自下定论！我不说话，你就随便扯了？！这些都是你的想象！"

瑞穗总算出声了，不过这显然是垂死挣扎。

"那么，可以让咱们拆开贴布看看吗？"

祖母的葬礼

"不了,哪好意思劳你大驾?"

"可是,里面有奇怪的声音哦,万一混入了有害的东西就糟了,还望您允许咱们调查一下。"

"这……这……"

瑞穗的额头上沁出了汗珠。

"二位,请进来吧!"

馅子先生朝着门外说道。

话音刚落,房门便被人推开了。近松兄妹走了进来。

"瑞穗小姐,这到底是怎么回事,请你把话说清楚……"

阿让先发话了,而不等他说完,香织就大喊道:

"我不知道你有什么目的,但你没点儿分寸吗?真正的美和子去哪了?"

面对这兄妹二人,瑞穗或许是认输了,尽管额上仍带着汗珠,嘴角却挂上了淡淡的笑容,答道:

"美和子奶奶当年离开了你们家,投奔了妹妹。而躺在棺材里的这位,就是她的妹妹,叫作金堂响子,也是我的亲奶奶。美和子奶奶七年前便因病去世了。"

原来,美和子搬去与妹妹响子一起生活后,依然对智史抱着复杂的感情。既有因他而沦落得无家可归的恨意,亦有难以消散的爱恋。在听说智史住院时,这交织在一起的爱与恨终于爆发了。

她烦恼不已,思绪万千,最后给智史写了信。

可执笔的却是响子。

"美和子奶奶大概是希望为智史老先生鼓劲儿，同时也出于自尊心，假装自己生活得很幸福。事实上，她终身未嫁，于是就叫我奶奶响子代笔。当然，她很疼我，把我当成亲孙女对待。只要她愿意，可以写出许许多多祖孙间的美好回忆，根本不用借我奶奶之手。所以，我觉得她可能是单纯不愿亲自写下那些信。"

收到智史的回信后，美和子又羞又喜，便催促响子立刻回信。响子一开始还无奈答应，哪知写着写着，事态发生了变化。

响子慢慢爱上了近松智史。

"我很惊讶，奶奶怎么会喜欢上从没见过面的人。但这或许也不能怪她。其实她和丈夫、儿子、儿媳——也就是和我的爷爷和爸妈关系都不好，在家中受到孤立。后来，爷爷和爸妈因为事故去世了，她和我两个人相依为命，安安静静地生活。与智史老先生书信往来，想必唤醒了她的少女情怀吧。"

在美和子离世后，响子再也无法抑制澎湃的感情。

她伪装成姐姐美和子，为自己申请了死亡证明。

就这样，"金堂响子"在法律意义上去世了，活在世上的是"金堂美和子"。

"奶奶做完这件事后又过了好一阵，我才知道真相。我想报警，奶奶含着泪说，她这辈子不可能和智史老先生在一起，只好成为美和子奶奶，等死后去另一个世界与他相伴。我也明白她不该这么做，可

祖母的葬礼

是，这并不会给别人造成麻烦，看她对智史老先生一片深情，我终于决定帮她。"

即使从近松兄妹的信中得知了智史的死讯，响子还是无法参加他的葬礼。

"自那以后，每当瞒不住周围的人时，我们便会搬家。现在，奶奶突然去世，我很犹豫要不要说出实情，不过……我更想实现她的愿望，让她和智史老先生葬在一起。奶奶确实腿脚不好，行动离不开拐杖，但她没有装过人工关节。她本人倒是乐观，觉得总能蒙混过去的，我却为她绞尽了脑汁，最后想出的办法和馅子先生猜的一模一样。唉，我真的尽力了，结果仍以失败告终。这下，真没法让奶奶和智史老先生合葬了……"

阿让面色不善，和之前完全不同。他死死地攥紧了右手，恨声道：

"当然不行！怎么能和素未谋面的女性合葬啊？爷爷肯定不愿意。"

"听了诸位的话，咱想起了德国哲学家尼采[1]的某句格言——'葬礼是最适合谈论故人的场合'。"

---

1 弗里德里希·威廉·尼采（Friedrich Wilhelm Nietzsche），生于1844年10月15日，逝于1900年8月25日，是德国著名的哲学家、语文学家、文化评论家、诗人、作曲家、思想家，主要著作有《权力意志》《悲剧的诞生》等，对于后代哲学的发展影响很大，尤其是在存在主义与后现代主义方面建立了深远的影响。——译者注

馅子先生适时开口了，声音是那样地富有感染力。

他时不时会像这样说出与葬礼有关的格言，但就我的调查，他提及的哲学家们从未说过那些话。我好几次问过他，是不是为了增强权威感，才用哲学家的名头'包装'自己琢磨出来的道理，可次次都被他含糊地带过。

只不过，那些来历不明的怪格言也确实多次触动了遗属们。

"馅子先生，都这时候了，您在说什么？"

阿让寸步不让，态度强硬。

"……哥，就让响子女士和爷爷同墓吧。"

看来，这次是香织受到了触动。阿让惊讶地看向妹妹，斥道：

"你怎么回事？！我们可是被这位响子女士骗了啊！"

"她的确骗了我们兄妹俩，可爷爷应该知道跟他通信的人是响子女士。他那时候不是借着复健的理由拒绝跟美和子见面吗？现在回想，像他那种急性子的人，怎么忍得住。只可能是因为他心里明白，见面便意味着揭穿对方的伪装。因此，在我提出要去找美和子时，他勃然大怒。"

"那爷爷跟她通信时，干吗那么高兴？她又不是美和子。"

"重点就在这里。对爷爷来说，美和子不仅仅是金堂美和子一人，而是金堂美和子与金堂响子两人融合后的形象。这才会和她保持通信。"

被裁的员工恨他，妻子先他而去，离家的情妇让他抱有罪恶感，这些都折磨着他,之后,病魔也缠上了他,他失去了活下去的动力。恰在这时,他收到了"金堂美和子"的来信,那封信让他打消了死亡的念头。他感受到了,这世上有人仍爱着他。这份爱意支撑着他,坚持复健训练,对方是真是假都无所谓。他紧紧抓着那一封封信件,从死亡的深渊一步步爬了上来。

"即使你这么说,我还是觉得难以置信,但如今根本没法确认他老人家的想法。"

"可是,爷爷收到信总是很开心,人也越来越精神,这是事实啊。而写信的不是别人,正是响子女士,那将他们葬在一起又有什么关系?"

"我也求您了,恳请您同意。"

瑞穗薄唇轻启,语声清冽。

"我和奶奶骗了近松家,我还敢提这种要求,真是太不知好歹了。但拜托您让奶奶与智史老先生合葬吧。这是她唯一的心愿!"

心愿。

听到这个词的瞬间,我脑中突然浮现出了一名身材消瘦的老妇。

那是我的奶奶。

她得了癌症。医生发现时,她已病入膏肓,药石无效。住院后,她整个人更是以难以想象的速度在迅速衰竭。我们选择将病情如实告知了她,而不是拖到瞒不住了才说。

——"奶奶存够了钱,可以供你到大学毕业,但你不能乱花哦。"

——"家里的房子很老旧了,你委托中介把它租出去,自己就搬去公寓吧。"

——"除非万不得已,你至少得有一份工作。不工作可不行。"

奶奶从不提起自己的心愿,只是不停诉说着我的未来该如何。我也只知道伤心难过,在她去世后没有任何犹疑,找了直葬公司,把她火化,然后安葬……

我慢慢走近了阿让身边,深吸一口气,正想着开口提出——我们也拜托您,请让响子女士和智史老先生合葬。

不过,有人扯住了我的袖子。

我没有回头,也知道是馅子先生。他这是在提醒我——葬礼是属于遗属们的。

我停下了脚步,静静望着金堂瑞穗和近松兄妹。

在瑞穗和香织的强烈要求下,阿让终于缓缓松开了右拳,道:

"——好吧。"

接着,他又开口了:

"但我有个条件。真正的美和子也要跟爷爷葬在一起。再加上我们的奶奶本就在那里,爷爷想来不会讨厌被三位女性的遗骨包围。这也许有点丢人,不过就这样吧。"

"当然可以——只是……"

瑞穗似乎突然察觉到了什么,不安地看向了我:

"这下,我准备的棺材就用不上了……葬礼可能还是得延期了……"

"不打紧,咱们公司备着空余的棺材,现在去拿肯定来得及。您的奶奶不在了,用最高级的天然木棺送她上路可好?咱家的高屋敷免费负责宗教环节,能省下不少费用,您要不在棺木上稍微奢侈一下?"

馅子先生满面堆笑地答道。

真是的,如果他不是这个作风,我还会更尊敬他一些。

5

次日下午,追悼会召开得很顺利,火葬也结束了。

瑞穗抱着骨灰坛,正准备离开殡仪馆,我叫住了她,问道:

"有件事想请教您——您本可以在近松兄妹赶来前强行要求直葬,然后跟他们交涉,要求将您奶奶和智史老先生葬在一起。尽管他们多半会像镜敬说的那样不情不愿的,可总比假装狂信徒要轻松些吧?您为什么不这么做?"

瑞穗红了眼睛,像只小兔子似的,回答说:

"其实我不愿直葬。人只会经历一次死亡。我不想让奶奶走得太过草率。"

泪珠从她的眼眶中滚落了下来。守灵夜也好,追悼会也好,她都大哭不止,想不到此刻还有泪水。

"抱歉,是我多嘴了,我向您道歉。还有,谢谢您。"

听到我的致谢,她显然很不解,却还是不断鞠躬,说这次麻烦我们了。

之后,她离开了。我目送着她离去的背影,直到她从我的视野范围中消失。

接着,我抬头看向天空。

心中躁动的不安已然消失不见。

回头看来,这场葬礼还是按计划完成了。

我依然不知道自己欠缺的是什么,但我奶奶去世时,我也哭得厉害,流的泪大概比瑞穗还多。

在为奶奶哭泣这一点上,我和她是一样的。

所以,我早晚会发现自己缺失的东西。

馅子先生的言谈举止固然透着可疑,可能力是毋庸置疑的。等我有一天变得像他一样出色,我便能找到答案。

奶奶,您再等等我。

我摊开右手,凝视着掌心。

目前我力所能及的,就是提升自己的书法水平。我要拼命练字,练到手指头上磨出茧子。

这样,说不定也可以少惹紫苑社长生气。

儿子的葬礼

1

我看着焚化炉上的小窗，仿佛闻到了人体被火化时散发出的强烈气味，只觉得鼻腔中阵阵刺痛。

焚化室里开着空调，可时值盛夏，室内还是闷热异常。小窗上虽安着玻璃，但当我凑近它时，炉火带来的热意便更甚了。

"你不必盯着炉子，看监控就好。"

同事们这么劝我。连我的后辈远野一平似乎也误以为我不知道看监控的方法，主动提出要教我。

焚化炉内部确实装着摄像头，我们这些工作人员可以通过监控来确定遗体的焚烧情况。然而，万一逝者体内留有心脏起搏器，近距离遭遇小型爆炸是很危险的。因此透过小窗观察不仅没有任何用处，反倒是弊大于利。

在殡仪馆的员工中，唯独我——副岛贯九郎采用着这种工作方法。

几十分钟后，我会再去小窗边看一次，见遗体烧干净了，便按下熄灭按钮，待炉中温度降低后，打开炉门。

逝者的生命已经消亡，仅剩下一具躯壳，朴实无华，任人处置。

我总是紧紧地盯着化成骨灰的遗体看一会儿，牢记它的模样，双手合十，以示尊重。

行礼期间，我彻底放空了心灵。

今天也不例外。我正在行礼时，内线电话响了起来，同事在电话中说：

"逝者的家属都等在玄关大堂了。"

"知道了。"

我把听筒放回座机。接下来，我需要取出骨灰，用馆内广播通知遗属们前往焚化室。这样一来，我的任务就结束了。

之后，我会回办公室抽根烟。

等墨殡仪馆是等墨市最大的殡仪馆，设备齐全，安装了最先进的机器，员工人数也多，且享有公务员待遇。

而我在等墨家庭殡仪馆上班，薪水少，员工少，行政部门还打着"外包"的名头，用很低的预算将运营工作委托给了民营企业。由于冬天死亡人数较多，我们光是打理会场就忙得焦头烂额，时不时还得向遗属和殡葬公司赔不是，拜托他们推迟火葬时间。

在炎炎夏季，我们相对轻松一些，然而去年夏天实在太热了，不断有老年人因为中暑去世，大家忙得甚至想求上级雇一些临时工，但我们殡仪馆的预算不及等墨殡仪馆的一半，只能按大学生打零工的薪

儿子的葬礼　　129

资标准给临时工开时薪，低于市场价，因此极少有人前来应聘。

而另一方面，本馆又要求我们在奇怪的经营点上发力。"上面"通过招商，在馆内开设了店铺，销售棺木、骨灰坛等丧葬用品，并签订了合同，由殡仪馆抽取一定的营业额。可惜的是，生意并不理想。行政负责人总是怒斥我们不够努力。难道他真以为吊唁者们会被葬礼勾起消费欲望，盘算着是时候买骨灰坛了，排着队购置这些东西吗？

上级的方针令我们苦不堪言，怨声不断，可即使如此，我也不能辞职。

我一定要亲眼看着人体在焚化炉中烧化。

因为我的心灵上背负着一副十字架。

"贯哥，今晚就靠您啦。"

远野准备下班，正在办公室里跟我道别。他一边把手伸进外套的袖管里，一边对我点头哈腰。

"你小子怎么这么轻佻，好好谢谢贯哥啊。"

樋口责备道，远野吐了吐舌头，嘀咕着不好意思。

樋口性格阴沉，争强好胜，相比之下，远野这种活泼开朗、心态轻松的家伙或许更适合在这种地方工作。

远野换上了严肃的表情，正经八百地对我深深鞠了个躬，道：

"贯哥，非常抱歉！今晚就拜托您了！"

"没事。"

我们殡仪馆生怕留下为逝者守夜的遗属们胆小，便要求员工值夜班，晚上睡在馆里，给遗属们壮胆（准确说来，这是行政部门的命令）。

今晚轮到远野值班，不过他求我跟他换了班。

他来这里已有半年，按说早已适应了工作内容，却总是想办法避开这种班次。尽管他从未说起过具体的理由，但我也能猜个大概——八成是觉得只要人类会死，殡葬业便会一直存在，自己是看中它稳定，这才入职的，为什么非要值夜班不可。

反正如今的年轻人基本上都是这种想法。

然而，此次换班倒是明智之举。

今晚在我们馆里守夜的只有一户人家，不过逝者很不寻常。

他是一个小男孩，名叫御堂润，死于车祸。

遗属无视了S县的葬礼习俗，坚持要求直葬，日期就定在明天。

小润的死讯是在十天前（即七月十三日）传来的。悲剧发生于下午两点。当时天气晴朗，路上虽是车水马龙，但视野良好。怎奈小润为了追一只皮球，突然冲到了马路上，司机无论如何都来不及刹车或避让，就这样碾死了他。由于逝者年纪幼小，考虑到遗属的感受，媒体也只是点到即止，未透露更多信息。

不过，媒体其实应当对此事做详细报道。

御堂润的父亲——御堂克树是社会和平党的议员，由于年轻、清爽的形象而广受好评，亦获得了大量国民的支持。可是，别说事故现

儿子的葬礼　　131

场的情况了，连小润的相貌信息都被彻底封锁了。

这种做法反而引发了无端的臆测。有人怀疑，司机吸食了违禁品，情绪亢奋；有人猜测，小润受到父亲虐待，选择撞车自杀；更有人声称，在事故发生之前看到一名长头发、高个子的怪女人在现场出没……总之全都是些哗众取宠的谣言。

这件事最终以事故结案，司机因为过失杀人被送检，但这已经是车祸发生四天之后的事了。换言之，民众那不负责任的"好奇心"持续了整整四天。这段时间里，御堂夫妇肯定很不好过。

小润的遗体之所以要接受直葬，实则与父亲克树的政治身份有关。

社会和平党宣称：

"S县的治安状况优于其他县，每年的自杀人数在全国范围内也明显偏少，这些好现象令我们深感自豪，唯有一点例外——那便是'葬礼'这一陋习尚存。它会滋养出毫无商德的殡葬公司及品行低劣的僧人，趁机做违法违德的生意，浪费消费者的时间和金钱，真是可耻。我们也该效仿他县，推广直葬！"

是的，该党派主张废止葬礼补助条例，与支持葬礼的自由国民党相对立。

事实上，赞同社会和平党的县民正在缓慢却逐步地增加。由于看好未来的需求，其他县的直葬公司也开始"侵入"S县。

所谓直葬，指的是遗属成功申请火葬许可证后，直接将遗体送入焚化炉的殡葬形式，省去了入棺及葬礼环节。即是说，小润本应立刻被火葬。而根据行政部门负责人的说法，这件事被耽搁的理由是御堂夫妇之间产生了分歧。妻子真由女士哭着请求丈夫，不要把儿子也卷入政治斗争之中，至少得给他办一场葬礼。然而，在各方那几近强迫的劝说之后，真由最终妥协了，只是有一个条件，他们两口子得在殡仪馆给儿子守夜。这恐怕是出于对丈夫的逆反心理。

就这样，真由现在正待在我们馆的停灵室，陪伴着躺在棺木中的亡子。克树也会在结束工作后赶来。

真由想来是打心眼儿里反对直葬的，说不定会一时控制不住情绪，又吵又闹。届时，像远野这种年轻人肯定处理不好，不如由我这样有些年纪的人值班镇守。

对了，为小润提供服务的是一家新近发展起来的直葬公司，他们将遗体运到停灵室后便回去了。明明是第一次和我们馆合作，对我们这些员工却连招呼都不打一声。等火葬结束后，他们按说会与我们碰面，不过到时候，我们绝对又会被当成"透明人"。

若S县也普遍采用直葬模式，跟我们打交道的殡葬人员估计都会是这副德行。一想到这里，我不禁心下黯然。

今天的工作结束了，过程还算顺畅，没发生什么糟心事。唯一值得一提的，便是有人捡到了一把钥匙，送到了失物招领处。

同事们全回去了，办公室里只剩我一个。我读着晚报，上面刊登了等墨久藤医院的丑闻，称他们在一年间犯下七桩医疗事故，还故意压着不报。

在我的观念里,隐瞒自己的失误是一种可耻的行为。有些知识分子评论说,以前便听闻那家医院有问题,看来并非空穴来风。这更让我觉得,这群人该早些采取行动,调查院方或对他们施压,而非当"事后诸葛"。相比之下,长乐山医院总是坦率公开自身的过失,专业度远在他们之上。

读完报,我抬头看了看挂钟,现在是晚上八点二十八分,四下俱静,把秒针的转动声衬得十分响亮。真由已经镇定下来了,但我依然很谨慎。

下一刻,我便听到停灵室传来了撕心裂肺的哭声。

我立刻冲了出去,心里虽然着急,可小心为上,还是先锁好了办公室的大门,这才继续行动。

我来到停灵室,天花板上的白光灯已经关了,室内略显昏暗,只有简易祭坛上的电子蜡烛还亮着。真由跪在房间的正中央,一口儿童尺寸的小型棺木就摆放在她面前的台座上。棺盖半开着,小润遗体的头部、颈部和前胸闯入了我的眼帘。

他穿着蓝色的高领毛衣,与盛夏时节格格不入。我之前打电话给真由,确认是否能将这件毛衣随着遗体一并送入焚化炉,她同意了,说孩子生前非常喜欢这件衣服。

我一边回想着这段对话,一边打量起了遗体的脖子和脸庞。

他刚被送到这里时,我发现他一张面孔干干净净,闭着双眼,仿佛睡着了似的。

我不禁想起了佳那子。

根据相关报道，小润享年七岁，而佳那子去世时同样是七岁。可为什么佳那子的遗容……

"小润……你怎么了，怎么还不醒来呀！"

听到真由的哭诉，我摇了摇头，将对佳那子的回忆搁在一旁，专心安抚眼前的遗属：

"御堂太太。"

"快醒醒……醒过来的话，明天就不用火葬了！"

真由头都不回，痛苦不堪又无能为力。

"御堂太太，您清醒一点。"

我出声提醒，希望她能意识到这间房间里不止她一个人，我也在场，她不能一直这样疯癫下去。

我亦是如此，要顾及遗属，切不可沉浸在自己的世界里。

真由的哭喊声最终变成了低低的呜咽，像是冷静了一些。我稍稍放下了心，下意识地环视着室内。

这时，我猛地意识到不对劲儿。

这种感觉，就像是本该在此的东西不见了，就像是熟悉的房间里出现了陌生的部分，就像是字母"e"突然变成了字母"c"。

我又一次看向周围，看得缓慢又仔细。

眼前并没有什么古怪。

难道方才是我的错觉？

我不再理会这种"错觉"，对真由说有事随时叫我，便转身准备走人。

就在我即将踏出停灵室时，她叫住了我：

"请问您叫什么名字？"

我回头道：

"我姓副岛。"

"我知道了。您姓副岛……副岛……您是副岛先生……"

她满脸憔悴，就像被扔掉的破娃娃那般脆弱无力。大概是为了强化记忆，她低声重复了三遍我的姓氏，然后拿出了一张照片。

画面中，小润正在和朋友们一起奔跑，看起来十分快活。

他的遗体躺在棺木里，被棺盖挡住了一大半，我瞧不见他的身量。不过单看照片的话，以七岁儿童的标准来说，这孩子的身材偏矮小。

"您看，小润这么可爱，却被车子碾死了，实在太可怜、太可怜了，结果还要被直葬，凭什么？好歹给他举行一场葬礼啊！我的想法有错吗？副岛先生，您觉得呢？"

"我只是殡仪馆的员工。"

我抛出一句无关痛痒的废话，逃也似的离开了。

关上停灵室的大门后，我闭上眼睛，想着佳那子。

我很同情真由。心爱的儿子意外身亡，还要违心地用这种方式送走他，的确让人心生怜悯。

而另一方面，因为小润的遗容很整洁，我又擅自觉得他根本没有佳那子那么悲惨。

被车碾死，死状肯定相当可怖，再加上遗体在夏天极易腐坏，他还能保持这副干净的模样，一定是他父母找人对他做了防腐处理，甚至进行了一定的修复。

十九世纪，美国爆发了南北战争。为了将战死的兵士们妥善送回遥远的故乡，遗体防腐技术便发展了起来。日本国土狭窄，这门技术乍看之下没有用武之地，但随着"想要尽量与逝者多相处一阵""想要尽量让逝者走得体面一些"的需求渐渐高涨，这门技术也稍稍得到了普及。只不过，在直葬模式当道后，掌握着遗体防腐手艺的人基本上都集中在S县了。

为小润整理遗体的师傅，技艺应该很精湛吧。他闭着眼睛，面容恬静，像是一个可爱的小女孩。

但佳那子是被火烧死的。火焰将她整个人吞了进去，烧得她浑身焦黑，防腐处理师也束手无策。

这一切都怪我。

我曾经是一名不卖座的演员。那时的我，总是夸夸其谈，说演员需要演绎角色，化身为另一个人，这样的工作深深吸引着我。于是，我错过了隐退的时机，妻子对我没了感情，跟着别的男人跑了，把女儿佳那子留给了我。

我成了佳那子唯一的亲人。

看在孩子的份儿上,我或许该收起演员梦,找一份正经工作。

我对她说:

"佳那子,爸爸不打算当演员了,得好好照顾你。"

佳那子却拼命摇着小小的脑袋,用稚嫩的嗓音道:

"不要。爸爸演戏的时候最帅了!"

其实我知道,若提出为她"牺牲",她必定会拒绝。为了有个继续当演员的借口,我利用了自己的女儿。

我真是个无可救药的父亲。

我活得浑浑噩噩,直到某个冬夜。

那天我和佳那子约好了,晚上早点回家,却没守信用,选择和后辈喝酒去了,一不留神喝得兴起,觉得自己特别高尚,嚷嚷着世人只关注卖座的演员,演艺界令人担忧,云云。就像一位忧国忧民的义士。其间,消防车的鸣笛声传入我的耳中,我还骂骂咧咧,嫌它太吵。

作为父亲,我太差劲儿了。

回到公寓后,我才发现我的家被烧成了一片废墟。

起火点是我家的厨房,根据警方的调查,佳那子准备做夜宵,结果衣服蹭到了灶台上的火,火焰延烧开来,酿成了火灾。

她并没有吃夜宵的习惯,是怕我这个唯一的家人回家后肚子饿,才特地下了厨房。

一具焦黑的遗体映入我的眼中,黑得仿佛涂满了墨汁,有些地方的皮肉被烧没了，连骨头都露了出来。

工作人员对我说，那是我的女儿。

可我的大脑一片空白，根本反应不过来。

或者说，我理解了事实，只是拒绝接受。

直到我搬入简易公寓，在冷清简陋的房间里独自生活，我才总算承认了那具焦尸就是佳那子，并彻底退出了演艺圈，每天什么都不干，也什么都不想干，只是醒了睡，睡了醒。我本想着这么过一辈子，可我本就没多少存款，眼看着便要花完了，再颓废下去只能饿死，必须尽快找到新工作。

所以，我应聘了现在的岗位，负责执行火葬。

虽然殡仪馆火化的是遗体，不过他们生前都是活人。我要做就是在近距离观看人体被焚烧，然后获得收入。放眼全世界，大概再也找不出同样的工作了。有些朋友皱着眉头，不懂我的想法——明明我的女儿死于火灾，我为什么要以此为业？但实际上，我压根儿没考虑过其他工作。

焚化炉内的火焰包裹着遗体，看着这番场景，我便能永远铭记佳那子死时的痛苦，铭记我犯下的过错。为了我的女儿，也为了我自己，我一定要完成一场场火葬。

我抱着这样的决心，在等墨家庭殡仪馆就职，一干就是十来年。

而我的心灵上，也时刻背负着十字架。

此刻是下午九点五十五分。

自从我走出停灵室，真由就一直很安静。

她之前还那么疯狂地又喊又叫，现在这样反倒让我心里有些发毛。

我不知道其他殡仪馆的情况，但我们馆的停灵室和会场都没有安装监控摄像头。行政部的人嘴上说，这是要给遗属们留下私密空间，陪伴逝者最后一程，可我们心里清楚，这单纯是预算缩水的结果。看来，我过会儿还是得假装巡逻，去看看真由的现状。

我刚打定主意，便听到有人在敲办公室的门。那声音甚至让我听出了几分愉悦，仿佛对方的心情特别痛快。

"哪位？"

"副岛先生，不好了！"

来人是真由。

我急忙打开了门，问道：

"出什么事了？"

"小润他……"

"啊？"

"我儿子小润不见了！"

2

我进入停灵室，低头看向空空如也的棺材。真由站在我身后，木然地说道：

"我哭累了，迷迷糊糊地打了个瞌睡，大约十分钟后便醒了。倒不是被什么声音吵醒的，而是感觉到有东西在动。我惊讶地睁开眼睛，就看到棺材空了。"

"抱歉，我检查一下。"

我对棺盖之前的位置还有印象，眼下，它似乎仍在原处，但也可能是有人将它打开后再推了回去。我一边暗暗分析着，一边慎重地抬起了棺盖。

里面果然空无一物。

我还没顾上发问，真由已经开始描述情况了：

"别说开门声了，我连移动棺盖的声音都没听到。这说明没人出入过这里，小润并没有被人带走，而是变成了幽灵，自己躲起来的。难怪没有动静呀！不过，他为什么要这么做？当然是对直葬不满，对吧？这下，只好为他举行正式的葬礼了。到时候，他肯定愿意回来。"

我不再盯着棺木，转而看向真由，她还在往下说：

"小润你真是的，太任性啦。可这是你最后一次使小性子了，以后便没机会了，所以妈妈会顺着你的哦。"

她的语调依然平静而空洞，而我自然不相信这番说辞。

是她把儿子的遗体藏起来了。

她很清楚，不可能让丈夫改变主意，便假装妥协，暗中盘算着隐藏遗体。等丈夫放弃直葬，答应举办葬礼，她再将遗体送回来，假装是儿子的"幽灵"高兴了,愿意重新现身。

她的策略太肤浅了,现实绝不会如她所愿。

然而——

"副岛先生,请您也跟我丈夫说一下,我儿子小润是自己主动消失的。"

她的声音里不带一丝感情,我盯着她,心中既不惊讶,也不恼怒,只觉得阵阵痛楚。

听说,她为了守夜,跑遍了全市的殡仪馆,最终选定了这里。我很不解,她为何不去设施齐全的等墨殡仪馆,但现在看来,八成是因为我们馆方便她藏遗体吧。

照此推测的话,她能用的方法其实非常有限。

我环视四周。

我们馆的停灵室只有一个作用,那就是在遗属不方便将逝者带回家中,或逝者没有亲属的情况下,临时存放遗体。因此,这里采用的全是最基本的配置和设备——简易的祭坛、安放棺木的台座、两把折叠椅,室内还有一块榻榻米区域,上面放了三套被褥、六只布制坐垫、一张矮桌。

即使小润身材瘦小,好歹是个七岁的孩子。房间里只有祭坛和台座下方的空间能藏得下他。

"遗体自行消失了吗?这听起来简直是天方夜谭……"

"可见小润有多不满。副岛先生,您也很排斥直葬吧?"

"但绝大多数国民都会选择直葬。"

我答完,便看向台座下方。

没有遗体。

"小润不在那里哦。"

真由说道。

我掀起了盖在祭坛上的布。

没有遗体。

"小润也不在那里哦。"

真由又说道。

无论我搜哪里,真由都不为所动。也就是说,小润的遗体已经不在这间停灵室里了吗?

那么,我只有一个办法了。

"您不用找了,除非放弃直葬,不然那孩子是不会回来的。"

"或许吧。不过我得去查一些东西,您能跟我一起行动吗?"

说完,我硬是憋了一会儿,才继续道:

"走廊里装了监控摄像头,虽然调取录像有点麻烦,但它说不定拍到了什么。请您随我去一趟办公室吧。"

就像我之前说的那样,我们馆的停灵室和会场没有监控。

然而,走廊上有一台,可以俯拍到走廊的情况。

说真的,我平日里总觉得它派不上多大用处。走廊只是一条通道，倒是办公室和丧葬用品铺子里存放着许多重要物品，万一遭窃，后果会很严重。既然预算有限，就更该挑选一个能拍到那两处的位置，将它安装上去。

唯独今天例外。我心想，幸好走廊上装了摄像头，有助于破解"遗体失踪之谜"。

停灵室里有一扇换气窗，上面镶着铁格栅，即使是身材极为纤细的人也钻不过去。而另一方面，小润是个瘦小的孩子，真由则是个高个子女人，目测有一米七多，应该搬得动儿子的遗体。但凡她将小润运出了房间，踏上了走廊，监控摄像头便会记录下这一切。

当然，我不会说出上述猜测，仅仅是带着真由回了办公室，打算在找到证据后，由她亲口坦白实情。

不管她有多么抗拒直葬，隐藏遗体还是太离谱了。我需要她放弃这种荒唐的想法，将这场闹剧的来龙去脉和盘托出，到时候，我也会选择一笔勾销，当这件事没发生过。

怎料，她的表情不见半点变化，连语调都冷冷的，催促道：

"监控摄像头估计什么都没拍到，您想看就看呗。"

我摸不清她是在逞强还是在做最后的挣扎，抑或根本不认为我能揭穿她的伪装。总之，她想必是准备拒不承认，不撞南墙不改口。

太遗憾了。

我调出了监控录像，停灵室外的走廊出现在了屏幕上。我按下快进按钮，过了一会，画面上就显示了我听到真由的惊叫声，跑向停灵室的全过程。

我留意了一下时间，确认我在晚上八点半进入停灵室，又在八点三十八分走了出来。

接下来，我继续快进。晚上九点半时，真由离开了停灵室。我按下正常播放键，只见她脚步虚浮，像是在迷雾中彷徨。说起来，她痛失爱子，又被迫接受直葬，整个人难免浑浑噩噩的。我也有过类似的经历，所以十分理解她的状态。

问题是，她并没有抱着或背着孩子的遗体，手中只拎着一只托特包[1]。包身挺大的，但也装不下一个孩子。

她在走廊上走了半分钟左右，忽然蹲了下来，可又迅速站起身来，继续蹒跚地向前走去，走出了监控摄像头的拍摄范围。

"我心里不舒服，下意识地蹲了下来。"

我还没开口，真由就像我们先前在停灵室里交流时那样，主动解释了录像中的奇异画面。

怎么回事？她居然没带着她儿子的遗体？不，现在下结论为时过早，之后说不定还有内容。

我重新点击了快进。

真由消失后不到十分钟，又出现在了画面中。我及时恢复了正常

---

[1] 托特包（Tote）是一种包型，包身多为方形或者长方形，配拱形提手，容量较大，创始之初主要用于储物与携带物品，而随着时代发展，它也成了一款实用又好搭配的时尚包款。——译者注

播放速度,双眼紧紧盯着屏幕。见她手里依然只有一只托特包,脚步轻飘飘的,走回了停灵室。

"我是去洗手间了。"

她简短地解释道。

之后,走廊上便不再有人影,直到晚上九点五十分,她来办公室找了我。

想要将小润的遗体带出去,停灵室的大门是唯一的出入口。

我是八点三十八分时离开的,当时她的确跪在棺材前;之后,也只有她出入过停灵室。

然而,遗体的的确确不是她搬走的。

小润的遗体究竟上哪去了?

"副岛先生,您查清楚了吗?"

她好像看透了我内心的动摇,脸上的表情总算有了变化。

她笑了。

她的面容仍像被抛弃的破娃娃般憔悴,而不知为何,她的笑容之中却洋溢着无与伦比的幸福,冷声道:

"小润不见了呢。那孩子特别爱撒娇,每晚都要我给他念绘本才能睡觉,所以他肯定不愿这么不声不响地被直葬。要给他举行葬礼,他才会开开心心地回来。副岛先生,麻烦您就这么跟我丈夫说哦。"

这种矛盾而错乱的感觉让我浑身发冷。

我把她留在办公室里,自己冲到了走廊上,而下一瞬间,我又停住了脚步。

眼前熟悉的环境大幅度地扭曲了起来,仿佛彻底变了模样。我用力摇了摇头,一切恢复如常。

刚才的奇景无疑是幻觉,此时幻觉消失了,可我总觉得,我每天出入的职场和平时不一样了。这是为何?

冷静。我对自己说,冷静下来。

我打心底里同情真由,可我也必须找到小润的遗体。如果这事被"上面"知道了,性质就严重了。我势必会被问责,搞不好还会被开除。

开除。

届时,我便不再是殡仪馆的员工了。

想到这一点,冰冷和战栗又一次爬遍了我的全身,感觉就像刚才面对着诡异的真由时那样。

这年头经济不景气,我这把年纪再找工作不容易。假如一直失业,我甚至有可能会饿死……

开什么玩笑!

我怀疑自己之前看错了,一路飞奔,冲进了停灵室,不过棺木果然是空的。它大张着口,似乎正在嘲笑我。

我跑回走廊上,按录像内容,找到真由蹲下的地方,调查了一番,却一无所获。难道她当时真的只是心情欠佳?

我将她之前走过的路重走了一遍,保险起见,我还查看了其他房间的大门,结果它们都牢牢地上着锁。

我拐了个弯,来到女士洗手间。里面空无一人,我犹豫了一会儿,最终横下心冲了进去。里面一切正常,没有任何可疑的东西。

怎么可能?怎么可能?

我走到馆外,天已经黑了,可气温一点都没下降,这让我越发焦躁。我握紧了手电筒,在我们馆的地盘里转了一圈,没找到任何线索,也没见到掩埋遗体的痕迹。

于是,我回到馆内,沿着玄关大堂右侧走到底就是丧葬用品铺子,已经打烊了,所有商品上都盖着网子。然而,这种东西根本起不了防盗作用。这里没装监控摄像头,货架上摆满了骨灰坛,地上摊着一口口棺材,只要有贼心,大可随便偷。

啊!我明白了!

真由肯定是把儿子的遗体放在了这间铺子的棺材里!可她是怎么把遗体搬到这里来的?算了,这事往后再说,现在最优先的是要找到遗体。

我拉开网子,屏住呼吸,打开了棺盖。

"居然是空的?!"

我敲着棺盖,反复自问道:

"在哪里?遗体在哪里?"

"您在做什么?"

有人突然冲我问道。

我强忍着没有叫出声,故作镇定,循声回头。

北条殡葬公司的馅子邦路和新实直也就站在我身后。

3

馅子将黑色的外套夹在腋下,直接穿着短袖,而新实好像不畏酷暑,妥帖地穿着外套,礼仪周正。

"大晚上的,突然跑来,实在对不住呀。这要怪咱家新实。刚才咱们不是在贵馆办了葬礼吗?之后去了趟医院,等回到公司时,发现钥匙没了。他居然把这么重要的东西给弄丢了。"

"不好意思啊,今天真不走运,我们的同事高屋敷先生登山观赏溪谷去了,社长出了远门,给其他殡葬公司帮忙。这下,我们借不到备用钥匙了。"

"能联系上已经不错了,前几天,咱家社长甚至连电话都不接咧。"

"您说的是十天前吧。那天社长正好休假。"

"嘿,你小子记得真清楚啊。"

"那是自然,你们把日程表全交给我来管理,因此连随行笔记簿都不带了,就靠我的记忆。"

"你还敢找理由?你分明是个跟踪狂,盯社长盯得那个紧啊——"

"我为什么要盯社长?"

"因为你知道告白也追求不到人家，伤心欲绝，就发疯了。"

"您别自说自话给我定性。"

北条紫苑的父亲也是经营殡葬公司的，我之前就听说过这位年轻的女社长。当时她父亲尚在人世，时不时地念叨着她，说她不喜欢自己这个当爸爸的，又说她妈妈希望她早点嫁人。所以，我完全没想到她会女承父业。

总之，紫苑表示自己热爱这份事业，在当上社长后，对工作要求严格，一丝不苟，我也经常看到她去同行公司帮忙，甚至好几次目击她用温和而不失严格的语气提点新实。但被馅子这么一提，我才意识到，最近确实没怎么见到这番光景了。

是因为新实的能力长进了，还是她已经对新实不再抱有期待，懒得开口了？

"反正，事情就是这样，咱们来找钥匙。新实说弄丢了的话，只可能丢在这里。"

馅子逗了新实一通，然后突然话锋一转，把我的思绪拉了回来。没错，我现在没工夫关心北条紫苑，必须先解决眼前的危机。

馅子总是眯着眼睛，不露城府，还操着一口不正宗的关西话，让人觉得很不可信，甚至有些可疑。在我看来，他是最不适合当殡葬人员的那类人，但遗属们对他的评价非常好。说不定他是个手段高明的骗子，还敏锐地看出了我的惊慌……

"对了，副岛先生，您怎么了？是有人藏了东西吗？"

不行，我得把这件事瞒过去，绝不能让他发现小润的遗体不见了。

"我们的年轻职员打扫铺子时，移动了要售卖的骨灰坛，却忘记把它放在了哪里。"

"骨灰坛？咋个样子的骨灰坛？"

这个铺子里的骨灰坛种类繁多，若按花色分类，有画着可爱卡通人物的儿童款，也有描绘着雅致纹理的成人款，按形状则分为筒状、壶状等传统款，以及仿造日式住宅、篮球等的新式款，尺寸和材质也各不相同。

因此，我虽然随口编了一个"黑底上画着金色玫瑰"的款式应急，但这里说不定真的有。

可话音未落，我便后悔了。我应该说个更普通一些的……

"黑底上画着金色玫瑰？好花哨呀。"

"最近有越来越多的客人喜欢这种风格。"

"哎哟，咱是干殡葬的，竟不清楚现在的行情。受教了。"

他似是在自谦，在我听来却纯属讽刺。

"不过，都这么晚了，找个商品也不必急于这一时吧？"

"今晚我们馆只有一具遗体，守夜的遗属很少，我想趁着有空，赶紧找……二位是来问钥匙的吧？估计被人送到失物招领处了。我去看看，请你们在原地稍等。"

我自顾自地说完，便跑回了办公室。

儿子的葬礼　151

真由找了把椅子坐下,依旧带着无比幸福的笑容,微仰着头,眼神空洞,不知在凝视着什么。

"我听到您在和别人说话,是谁来了?"

"殡葬公司的,他们把东西落在这里了。"

我一边翻着保管遗失物品的箱子,一边答道。她木然地说:

"哈哈,太好了,看来我可以请他们来操办小润的葬礼。他们这个时候来这里,怎么想都是和小润有缘呢。"

眼看她就要站起身来,我伸手按住了她的双肩,劝道:

"很遗憾,他们似乎立刻就要去忙其他工作了。请您再稍微坐一会,小润的事等我回头跟您商量。"

"我没有需要跟您商量的事。"

"我有!"

我就站在真由的面前,可她根本是在无视我。这让我的情绪有些失控,语气也不自觉地强硬了起来。

"我马上回来,劳您在这里等我。"

我叮嘱了她一番,又跑了出去,仿佛落荒而逃。

我径直回到大堂,拿出一把钥匙,问道:

"是这把吗?"

"对!就是它!太感谢您了。"

新实似乎很高兴。在他伸手从我手中接过钥匙的瞬间,我碰到了他的手。

茧子的触感传了过来。

殡葬公司员工的手指上,为什么会有茧子?

而馅子在一旁露出了可疑的表情,对我说:

"副岛先生,咱刚才稍微在走廊上逛了逛。"

逛了逛?

我不是叫你在原地等我吗?

"停灵室的大门怎么开着呀?"

"……那又如何?"

"其他房间的门都关得好好的,停灵室为啥搞特殊?"

"因为今晚有遗属要给逝者守夜,而其他房间没人使用。"

"可停灵室好像空着。"

"遗属大概去洗手间了,要不就是有急事,暂时离开一会儿。"

"那也不至于敞着大门啊?"

我刚才怎么没把门给关上?我暗道。

面对馅子的追问,我只好搪塞道:

"每位遗属都有自己的习惯。"

"是吗?咱明白了。话说,能借用贵馆的电话吗?"

"电话?用我的手机就……啊!!"

新实突然呼痛,原来是馅子冷不丁地踩了他的脚。

"哎呀,咱有点儿事儿要跟人确认一下,麻烦您帮帮忙。"

"……请容我拒绝。现代社会,人人都有手机。要是您的手机暂时没法使用，可以问新实君借，不必踩他。

"嘁，被您瞧见了啊？"

"那是当然。如果没有别的事，请二位先回去吧。"

"好，好，新实，咱们走咧。"

馅子拿出手机，趁机打量我。他假装自己有事情要问，实际上是在观察我的反应。

新实的脚还很痛，跟在馅子身后。不过他中途停了下来，惊讶地偷瞥了我一眼，与我视线交汇后，又假装若无其事地走开了。

看来，我的样子肯定很不寻常，连这样一个年轻人都察觉到了古怪。

我必须找到小润的遗体，而且一定要抓紧时间。

有句话说，查案要去现场跑一百遍。

我不知道现实中的刑警是否真的秉承着这条守则，反正推理小说和刑侦电视剧里经常出现这句话。

于是，我严格遵循着这种说法，带着真由回到了停灵室。

大门是唯一的出入口，但没人将小润的遗体从这扇门运出去，那么，遗体说不定还在室内。我最好再仔细调查一下。之前我已经查过祭坛和台座了，剩下的是折叠椅、被褥、布制坐垫、小矮桌……不，这种地方怎么可能藏人。

可我还是抱着祈祷般的心态，将折叠椅靠到墙边，仔细看向整个房间。

没有，哪里都没有遗体。

接下来，我把被褥和坐垫从榻榻米上搬了下来。或许是因为我的双手在颤抖，这些布制品仿佛比看起来沉重得多。而当我搬开小矮桌时，浑身都已汗湿。

东西被撤完之后，我彻底看清了那块榻榻米区。上面空空如也。我又趴着检查了一圈，草席上完全没有被人动过手脚的痕迹。

在我拼命搜寻遗体的期间，真由沉默不语，一动不动地站在棺材旁，那幸福绝伦的笑容好似焊在了她的脸上。

盲目行动是无法解决问题的，我重新整理了思路。

截至八点三十八分为止，小润的确躺在棺木中。真由是在那之后才暂时离开的。现在，遗体不在停灵室内，也没有被人从大门带出去。除了大门，仅有一扇镶了铁栅格的换气窗还勉强能通往外界。难道我的判断下早了？真由是将儿子的遗体切碎，透过一个个小小的栅格扔了出去，再假装去厕所，实则回收尸块，而后把它们埋在了某处？

不，这不可能。她是九点半走出停灵室的，我则是在八点三十八分离开的，时间差还不满一小时，哪里够分尸？更何况她出了房间后，不到十分钟便回来了，绝对来不及埋尸并清理痕迹。此外，世上怎会有母亲能对孩子的遗体做出这种事！

等等……小润死于车祸，说不定被车轧得支离破碎，不必再动手

儿子的葬礼　　155

肢解……不对，我见过他的遗体（虽然只有胸口以上的部分），看起来相当完好。是防腐处理师修复了碎尸吗？不过，即使如此，缝合线也不是那么容易拆开的。无论怎么算，真由的时间都不够。

我反思了一通，却没有任何作用。除非八点三十八分时，小润的遗体不在棺木中，不然肯定没有能让遗体消失的方法。

莫非，真由当时的惨叫就是为了引我过去，让我亲眼看到小润的遗体？

她的计谋如此缜密，我肯定赢不了她。

这下子，我只好使出最后的手段了。尽管我很不想这么做，但我不得不舍小保大，放弃尊严，博得同情。

我准备五体投地，跪下求她把儿子的遗体送回来，否则我会丢饭碗。我一把年纪，找不到其他工作，恳请她放我一条生路。

拼命哀求的话，她应该能理解我的难处吧。

于是，我开口道：

"御堂太太——"

然而，她只是缓缓道：

"哎呀，总算来了。"

被她这么一说，我才意识到走廊上传来了脚步声，离我们越来越近。

我还想着是谁，停灵室的大门便被推开了。

来人是真由的丈夫——御堂克树。

我想起来了，他说过工作结束后会过来守夜。

完了，小润遗体消失的事要暴露了……

我只觉得眼前一片模糊……

"老公，你怎么这么晚？"

"抱歉，其实……"

他拎着一个板形的包裹，话说到一半，却被真由打断了：

"小润不愿直葬，直接消失不见了。"

"你说什么？"

克树赶紧看向空了的棺材，又问道：

"到底是怎么回事？"

"都说了，小润不见了呀，在闹脾气呢。"

他意识到跟妻子说不通，便盯着我道：

"请您告诉我，究竟发生了什么！"

我的眼前愈发模糊，觉得万事休矣。克树会毫不留情地痛骂我，谴责我管理不力，强行要求殡仪馆解雇我。毕竟遗体都被人藏起来了，无法办理直葬，我们馆想必会颜面尽失。

等一下。

颜面尽失的人，应该是御堂克树才对。

妻子反对直葬，为了给儿子举办葬礼，居然隐藏遗体。这对于大力支持直葬的社会和平党而言，无疑是莫大的丑闻，克树不可能不受到丝毫影响。

没错，被逼入绝境的不止我一个。

我只能从此处切入，争取自保。

克树飞快地朝我的工牌上扫了一眼，问道：

"您是……副岛先生？您怎么不说话？"

"十分抱歉，您太太将令郎的遗体藏了起来。"

"啊？"

"副岛先生，您怎么能撒谎呢？小润明明是自己躲起来的，他讨厌直葬。"

"您太太好像对直葬很不满意。"

我无视了真由的话，大致说明了遗体消失的始末。她一次次插嘴，强调不是她干的，一切都是小润自己的想法，但我还是说完了整件事。

克树听后，脸色铁青，质问道：

"真由，你真是干了傻事……"

"我什么都不知道！小润是自己躲起来的！"

"别撒谎！"

克树喝道。

说实话，我觉得真由怪可怜的，可这时绝不能心软，便劝道：

"御堂太太，麻烦您在天亮前将令郎的遗体送回停灵室。我会当这事没发生过。"

然而，克树顾不上理会我，紧紧握着妻子的肩膀，大叫着：

"小润呢？你把他藏哪去了？"

"您还是先等您太太冷静下来再说吧。"

我再三叮嘱，走出了停灵室。

唉，这下可如何收场。这件事关系到克树的政治生涯，他肯定会拼命说服真由。所以把这件事交给他处理应该没问题。

我抚着胸口舒气，打开了办公室的大门。

而眼前的场面让我大吃一惊——

馅子找了张椅子，重重地坐了上去，一手拿着遥控器，看起了监控录像。

"馅子先生，您别这样。副岛先生说不定什么时候就回来了……"

新实说到一半，听见开门声，立刻回头，恰好迎上我的目光，与我四目相对。

"呃——晚上好。"

"晚上好……"

这下，我才想起来，办公室的门没上锁。我平时还是相当细心的，离开时必定会锁门，只是我之前已任由停灵室的门大敞着，而此情此景让我再次意识到，刚才的我真的不在状态。

"哎，这不是副岛先生吗？打扰您了。"

馅子向我招呼道。

我愣了一秒，怒意在我的胸中沸腾。

"你们在这里干什么？"

"对不起，馅子先生非要上您的办公室看看，我拉不住他……"

"您来得太是时候咧，咱正好有事想问——您看，这是什么？"

馅子压根儿没把新实的解释当回事，用遥控器指着屏幕，上面播放着我和真由一起走出停灵室的画面。

"还有这个。"

说着，他按了快进键，又按下暂停键。只见我一个人冲进了停灵室，又很快冲了出去。之后，他再次加速播放，这次则是我与真由一同进入了停灵室。

"您为啥多次出入停灵室呀？"

"遗属找我咨询了各种问题。"

"什么问题？"

"这涉及遗属的隐私，我不方便说。"

"那就莫得法子了。您看看这是啥？"

他又快进了一段，直到克树来了。片刻后，我一个人走了出来。镜头中的我，脸上透出了一种难以描述的安心感。

"那位先生是政治家御堂克树吧？他儿子最近遭遇交通事故，不幸去世了，真是可怜呐。但您走出停灵室时，居然笑嘻嘻的……"

我想反驳他，也想说事实并非镜头里拍到的那样，我没有将遗属留在停灵室不管，自己跑到外面去偷笑，但他站起身来，披上了放在桌上的外套，道：

"新实，走咧。"

趁着我发愣的当口,他快步走出了办公室,后面跟着满脸困惑的新实。等两人离开好几秒后,我才意识到他们要去哪里。

"你们……你们等一下!"

我踉踉跄跄地奔到了走廊上。寥寥数步之间,我已在内心祈求了无数次,希望有奇迹发生,却目睹新实的背影拐进了停灵室。

我只觉两眼一黑。

"我儿子的遗体不见了,因为他不愿接受直葬。"

"够了!真由,别再说这种奇怪的话了!"

停灵室里的对话声传到了我耳中。

这件事终究没能瞒住。

这次是真的完蛋了。

我如战败的残兵,拖着沉重的脚步,踏进了停灵室。

馅子对御堂夫妇介绍了自己和新实的身份,并请他们说明一下情况。

真由便说了起来:

"小润他——"

我已经没有力气制止她了,克树也神色僵硬,在一旁听着。

"原来如此。我明白了。"

馅子听完,迅速看了克树一眼——不,他看的其实是克树手里的板状包袱。眼下小润的遗体不知所踪,他倒是眼尖地注意到了这种细节。

儿子的葬礼

他又接着道：

"御堂太太，说谎可要不得呀。遗体怎么会擅自消失呢？"

"不，那孩子就是自己躲起来的。"

"不不不，是您藏的。"

这件事，我和克树心里都明白，只是不知她到底用了何种手段。

馅子邦路，难道你能识破真相？

"唉，您的法子也太可怕了，只能说是为人母的执着吧。"

他说什么？

4

"各位，能离开一下吗？我有些话要和御堂太太单独说。"

"没这个必要，我跟您没什么可说的。"

"是吗？可咱全都弄明白了。"

"您别胡说，您又不认识小润。"

"是啊。"

馅子匆匆地叹了一口气，挺直脊背，对着新实耳语了几句。新实惊讶地喊出了声，立即拔腿奔出了停灵室。

我还没来得及问新实要去哪里，馅子就开了口：

"接着来说说正事。副岛先生，您觉得御堂太太把小润带出了停灵室，走的是大门，可您检查了监控录像，却没看到相关画面，心里惊慌不已,对吧?"

我不情不愿地点点头,答道:

"虽然小润只是个小孩子,体格很小,但人总不可能穿过铁栅格啊。所以我心想,她只能走大门……"

我看向真由,眼神里带着几分责备,真由毫不介意。

"站在副岛先生的角度上看,有这种想法也很正常。然而,媒体在报道小润去世的事故时,略过了某些重要信息。要是知道那些内容,便不会觉得遗体消失得不可思议了。"

重要信息?媒体考虑到小润年纪小,才未将真相一一公开。你这家伙怎么会知道内情?

馅子仿佛听到了我心中的疑问,解释道:

"咱是听相熟的警官说的,事态特别严重呀。"

警官?

殡葬行业的部分从业者经常有机会接触警方的人。因为有些死者身份不明,有些死者独居且无亲近之人,有些死者和亲属断了来往,总之没人接手他们的遗体,而且这种死者还意外多。每每遇到这种情况,警方便会找殡葬行业的人帮忙处理遗体。当然,找的全是可靠的对象。北条殡葬公司口碑很好,看来也得到了警方的信赖。

有了这份关系,难怪他们愿破例透露一些媒体不曾报道的内部消息。

馅子刚才借用电话,看来不完全是在唬人,而是要联系警方。

"咱听同行提过，小润明天就在贵馆接受直葬。既然您这里出了点乱子，想来肯定和他有关，便找人打听了情况。"

"这种行为太令人不齿了！明明说好了不会公开的！泄露信息的是哪名警官？！我绝不原谅他！！"

真由那幸福的笑容不见了，她满面怒容，语气激动，再加上憔悴的模样，简直像一只厉鬼。

但她身上那种扭曲而诡异的感觉倒是烟消云散了。

克树瞥了我一眼，随后语带疲惫地说道：

"这不是警官的错。想来，他们也是认为情况紧急，万不得已才把真相告诉了馅子先生。我承认，我们确实想尽可能地隐瞒一些事，可负责执行火葬的人总归会知道实情，瞒不住所有人。馅子先生，您有话就直说吧。"

馅子领首，便讲了起来：

"肇事车辆不是小汽车，而是巨型的油罐车。小润被卷进了轮胎，又被拖行了好几米，全身……全身稀碎。"

全身稀碎。

"他只有头部相对完好，可那也是因为被卷进轮胎时，颈部就直接被轧断了，头身分离。"

头身分离。

"事故发生后，工作人员还花了好多时间，才将散落一地的遗体收集了起来。唉，现场惨烈得难以描述，真是叫人痛心啊。"

散落一地。

收集起来。

我听得懂这每一个词组,但无法想象当时是怎样一番光景。

不过,我能明白,这对一个年仅七岁的孩子而言,是何等残酷、悲哀、惨烈的死亡方式。加之当时路上车来车往,怕不是还被其他车子……

啊,原来如此!不怪媒体对此事隐而不报,是着实难以启齿。

即是说,那孩子头部以下的部位,都成了肉片和碎骨,被一股脑地装进了裹尸袋,没个人形,等直葬时直接火化。而头部以外的部位也没经过细致的处理,只做了最基本的防腐措施。

换作是普通的殡葬公司,说不准会提前将遗体的状态告知我们,不过御堂家委托的那家直葬公司,连招呼都不打一声就走了,导致我对此一无所知。

"且慢,我看到了小润的部分遗体。虽然不清楚胸口以下的部位是什么情况,可前胸、脖子看起来还是好好的。跟您沟通的警官没记错吗?"

我说着,便看向了御堂夫妇,等着他们证明我的话是对的。不想,克树瞥开了眼,真由则愤恨地瞪着馅子,道:

"是副岛先生看错了吧?尽管很痛苦,但我必须承认,我儿子的身体确实破碎不堪,包括胸口也是。"

"我真的是亲眼……"

儿子的葬礼　　165

"如您所见,这里怪暗的咧。"

"就算再暗,我总不可能看到不存在的东西。"

"有东西替代了前胸,被摆在棺材里——八成就是这玩意吧。"

馅子指向一旁的布制坐垫,接着道:

"这间屋子里能拿来充当前胸部位的,也只有它们了。"

"坐垫?!这……"

我话说了一半,便意识到问题了。

停灵室里的光源只有祭坛上的几根电子蜡烛,环境如此昏暗,即便不可能看到不存在的东西,却有可能将存在东西错看成别的模样。

那时候,我的注意力都放在小润的脸上。若是真由将坐垫团成一团,再盖上高领毛衣,我或许还真瞧不出名堂来,只是先入为主地认定那是前胸,加上屋里暗,更是看不真切了。

怪在我听到真由的尖叫声,冲到停灵室时,觉得有种说不清道不明的不协调感。

本该在此的东西不见了,就像是熟悉的房间里出现了陌生的部分,就像是字母"e"突然变成了字母"c"!

谜底便是堆在榻榻米上的坐垫变少了。

那里原来有六只坐垫,她拿了几只充当遗体的胸部。坐垫的总数减少了,所以看着不对劲儿。

我有些兴奋地将自己所想说了出来,馅子点头赞同道:

"御堂太太之所以准备高领毛衣,理由恐怕不只是孩子生前喜欢那件衣服，还因为它能挡住头部以下的部位。"

"她尖叫着将我引过去，也不只为了让我见证小润的遗体躺在棺木中，更是要我误以为遗体的胸部还在。"

那么，我自然会下意识地认为小润的遗体完好无损，思维便由此钻进了死胡同，想不通一整个人是怎么被带出停灵室的。

"那您说说，我儿子去哪里了？我和副岛先生不一样，我知道小润成了什么样子，可偏偏没人能找到他。"

克树不解道。

"是啊！这和小润的死状没关系，而是我根本不可能把他藏起来！"

真由坚决否认。

的确，我最后一次看到小润的遗体是在八点三十八分，后来又于九点五十五分再次来到停灵室，其间真由只离开了一次，即使小润的遗体实际上是一堆碎肉，一只托特包是绝对装不下的。虽说她也能将碎肉从铁栅格里扔出去，可肯定没有时间埋起来，殡仪馆周围一带亦是我亲自查看过的，根本找不出可疑的痕迹。

"只要分批行动，您完全有办法将小润的遗体藏起来、带出去。"

馅子还是一派笃定的样子。真由却全身轻颤。

"其实，咱本不想当着大家的面说的……您看，咱还得继续说下去吗？"

"我不知道您在说什么。反正小润就是自己躲起来的。"

儿子的葬礼　　167

"真的吗?"

馅子的眼睛仍眯缝着,可瞳孔却像是因为悲伤而微微收缩了一瞬。随后,他如散步般,闲闲地上前几步,又恢复了平时的眼神,道:

"那咱便按顺序讲起吧。直白点说——小润的遗体大致可以分为'稀碎的躯体'和'基本完好的头部'。您仅需'就地取材',即可藏起'稀碎的躯体'。"

他走到了那块榻榻米前,眼睛看向叠在上面的被褥和坐垫,继续说:

"您将小润的遗体葬在里面了。被褥有三套,每套包含一条盖被和一条垫背,统共六条褥子,再加上六个坐垫,足足有十二处能塞东西,装下小润的遗体绰绰有余。您大叫着引来副岛先生之前,多半把该藏的都藏好了,再匀出个别坐垫,假装成前胸。这法子倒是很有效率。"

闻言,真由瞪大了双目,眼神中透出了强烈的惊惧。

小润那稀碎的遗体,就在那些被褥坐垫之中?

就算是为了阻止直葬,我也料不到一位母亲能亲手拆解儿子的遗体。

这太可怕、太凄惨、太恐怖了……

那些熟悉的被褥、坐垫,仿佛都被真由的偏执之心染得漆黑。

我方才搬起那些东西时,只觉得有些沉重,此刻想来,是因为里面藏了碎肉,那重量并非错觉。

照这么说……我隔着布料，摸到了小润的部分遗体，沾上了真由的执念吗？

接触遗体本就是我的工作，早已习惯了。但现在，我似乎能在自己的指尖上看到层层黑气。它迅速扩散开来，裹住了我的双手……

馅子把话说到这份儿上，我总算是想起来了。

克树哑着嗓子开了口：

"我知道小润的遗体在哪儿了……那小润的头部呢？遭遇了那样的事故，难得他的头部还算完好，真称得上奇迹了。只是——被褥和坐垫里藏不下头部吧？"

"九点半那会，您太太离开了停灵室，手里提着一只托特包，包里装着小润的头部。那只包现在是空的。您太太不到十分钟便回来了，这点时间，可以藏东西的地方也只能是……"

"馅子先生！找到了！"

新实一打开停灵室的大门，便急着说道。他语气生硬，脸色苍白。

"您说的没错，铺子里有个篮球似的骨灰坛，我是在那个坛子里找到的。"

他没说自己究竟找到了什么，不过大家都听得懂。

设在馆内的丧葬铺子确实有卖那种仿制篮球的骨灰坛，大大的球形倒是正好适合装下一个七岁孩子的头颅。

至此，小润的遗体终于被找全了。

真由用这种方法藏起了遗体，能发挥作用吗？

如果我误以为小润的遗体完好无缺，肯定意识不到他在哪里。她只要确保自己的手段不被克树识破就行了。但若是真到了紧急关头，即使馅子不盯着问，克树应该也会将遗体的实情告诉我。届时，我会基于这个事实搜遍整个殡仪馆，多半能找到遗体。她的计划便白费了。

再说了，万一克树被她说服，同意给小润举行葬礼，她又要如何还原遗体？我只能说，她是疯了。

可是，我也失去过自己的孩子。

我能明白，即使她因为伤心过度而发了狂，也没什么可奇怪的。

新实的话犹如最后一根稻草，彻底压垮了真由。她似乎再也站不住了，蹲在了地上，低垂着头，看不见脸上的表情，但颤抖的双肩却出卖了她的心绪。

"我只是一眼没留意那孩子，他就被油罐车……我没法为小润做点什么，那至少也该给他一场葬礼……我有什么错？我没错！我什么都没做错！"

"你别再装成伤心的妈妈了！你简直是把小润当成了一个物件！这世上哪有当妈的舍得拆开儿子的遗体，分别藏起来？！"

当成物件。

克树的一句话，听得我头疼欲裂。

真由慢慢抬起头，表情果然凄楚不已。

"你以为我做这些的时候真的心平气和，没有任何挣扎吗？你知道我有多痛苦吗？我把小润的头装在包里带出去的时候，只觉得整个人都是眩晕的，还得在走廊里蹲一会儿，才忍住没吐出来。"

克树闭上了嘴，真由便接着道：

"现在，你多少明白我的感受了吧？我求求你，重新考虑一下小润的丧事！"

她跪爬到丈夫脚边，抓着他的裤腿，继续哀求：

"经过防腐处理的遗体必须在五十天内火化。那反过来说，我们可以等上五十天。请你在这段时间里说服周围的人，挺起胸膛，坦率地告诉他们，就算违背方针，你也要给儿子举办葬礼……没错，就这么办，这样一来，你的人望只会不降反升，大家肯定都称赞你勇敢，不畏高层！你说对吧？就这么办吧，好吗？"

"不可能。小润明天按原计划火葬。"

"我都做到这份儿上了，你就不能体谅体谅我？至少再延些日子……"

"我不想让小润沦为别人的笑柄。"

克树好不容易挤出了这么一句话，不再看向妻子。

"我没告诉你，在我宣布要直葬小润之后，周围出现了各种意见，有人赞同，有人反对，一个个都居高临下地对'社会和平党的御堂克树'评头论足，或骂或夸。可他们不知道我作为小润的父亲，究竟是怎样的心情。不过，我还是要坚守党派的方针。能让社会变得更好的，不是自由国民党，而是我们社会和平党。"

儿子的葬礼

他毅然决然地说完，便咬紧牙关，陷入了沉默，似乎是在强忍着自己的感情，还紧紧地攥着手中的包袱。

"你无论怎样都要直葬？"

"没错。"

"哎呀，咱有个想法，虽不知能不能帮上忙，二位好歹先听听呗？"

馅子操着一口不正宗的关西话，丝滑地介入了御堂夫妇之间的纠纷。只听他道：

"英国哲学家洛克[1]有一句格言——'不花钱也能办葬礼，可花钱能将葬礼办得更得体。'"

洛克说过这种话？我怎么不记得？然而，新实在一旁用力点着头，我竟不如这种年纪轻轻的后生有文化……不对，我好像也在哪儿见过这话，嗯，没错，确实有这么一句格言来着！

但他在这种时候搬出这句格言来，是有什么用意？况且眼下不是钱的问题，而是要不要直葬的问题。社会和平党打算大力推行直葬，克树身为党中议员，肯定不能忤逆……

啊！有破绽！

---

[1] 约翰·洛克（John Locke），生于1632年8月29日，逝于1704年10月28日，是英国哲学家和医生，被最有影响力的启蒙思想家之一，人称"自由主义之父"，也被普遍认为是英国最早的经验主义者之一，代表作有《论宗教宽容》《政府论》等。——译者注

社会和平党主张说,葬礼是在"浪费消费者的时间和金钱"。

先不论时间,倘若"浪费钱"这一前提被打破了……

我咽了口唾沫,早已遗忘的某种感觉似乎又苏醒了过来。

"您为何要说这句格言?"

御堂夫妇狐疑地打量着馅子,我语带歉意地开了口:

"二位,就小润的情况而言,选择直葬要比办葬礼更费钱。"

见御堂夫妇转头望着我,我将眉毛撇成八字形,解释说:

"直葬公司的工作就是办理火化手续,然后将遗体运到殡仪馆。收集散落的遗体不属于他们的业务范畴,您这等于是让他们干了额外的工作,他们事后想必会问您要违约金和办事费。"

"具体会要多少?"

"我从熟人那里听说过行情,估摸着得有五十万日元。"

克树惊讶得眼睛都瞪圆了。直葬费往高里算也就十多万日元,而这笔额外的支出直接比办正事的价格翻了五倍。

"直葬公司都是这个作风。光是叫他们陪着我们捡骨灰,便得做好花大钱的思想准备哦。还是说,御堂议员您打算自己盯着?"

"这……"

他本想着,自己作为父亲,自然不可能去收集儿子的遗体,反正有直葬公司出力,也不必劳真由动手。这下,他倒一时答不上来了。

"咱们北条殡葬公司呢,只要二十五万日元就囊括了修复遗体的服务,报价仅有直葬公司的一半。如何?要不要趁机和直葬公司解约,

儿子的葬礼

委托咱们公司？办直葬，结果花了更多钱，岂不是本末倒置了？"

馅子接话的时机真是把握得绝妙。

"确实。不过……"

"还有一点，由咱们公司来办的话，这个价位也能举行葬礼哦。专供父母至亲参与。您意下如何？"

听到这番话，御堂夫妇用力吞了一口气。

"但政党的方针……"

"御堂议员，您作为父亲，其实是想为儿子举办葬礼的吧？咱们会协助您的。副岛先生，小润的火葬排在几点？"

"明天中午十一点。"

"完全来得及。今晚二位就跟小润好好道别，明天咱们来操办葬礼，不要通知别人，只需父母至亲到场。所以您对外说是直葬就行了。假如您需要僧人诵经，咱们明早也给您请来。当然，绝对找口风紧的师父。"

"我是殡仪馆的员工，也会对遗属的隐私守口如瓶。"

"拜托您了！"

真由用力站了起来，继续道：

"我不介意形式！能办葬礼，好好送小润离开我就知足了。老公，你呢？你也觉得没问题吧？"

这只被丢弃的破娃娃突然找到了希望，看起来不再可怕，也不再悲伤。

此时的她,只是一个再普通不过的母亲。

克树没有回答,抱着胳膊沉思了起来。我满以为他是在"父亲"与"政治家"的身份之间摇摆,然而,他瞥了一眼简易祭坛,道:

"这种又小又破的祭坛是不行的。请您帮着张罗一下,即使尺寸小,也得是个正式的祭坛。此外,我还想添置各种东西,您能给估个价吗?"

"再有五万日元就差不多了。咱们具体商量商量吧。"

见克树愿意担任丧主,馅子郑重地对他鞠了一躬。

我和新实一起将小润的遗体重新装入了裹尸袋,其间,馅子和御堂夫妇去了办公室,商议葬礼上的细节,一直忙到凌晨两点。

"我这里有凉麦茶。"

我一边说着,一边招呼馅子和新实去办公室。

见他们好生操劳了一番,我也想以自己的方式犒劳他们。

小润的遗体收拾停当后,御堂夫妇又回到了儿子身边守着。尽管未遵守正统的守夜礼仪,但今晚是他们陪伴逝者的最后一晚,亦是一个最令人刻骨铭心的夜晚。

"突然多了份委托,我真是大吃一惊。不过这也是难得的经验。馅子先生,辛苦您了。"

新实一口气喝干了麦茶,用敬佩的目光看着馅子。

"还是副岛先生最辛苦。演技真棒!"

"啊？演技？什么演技？"

"咱在说直葬公司的要价呢，怎么着也不可能开出五十万日元。咱被副岛先生的演技吓了一跳咧。"

"是吗？我一点都没意识到……"

"哈哈，虽然我现在只是个殡仪馆员工，可我以前是演员哦。"

"您难得重操旧业，倒不干好事，够坏的啊。"

"说什么呢，拱我演戏的不正是您吗？那句洛克的'格言'是在暗示我围绕费用问题撒个谎吧？要是比办葬礼还贵，直葬省钱的大前提就废了。只不过，您都考虑到这份儿上了，怎么不亲自开口？"

"哪有的事。咱正准备拉着他们商量葬礼，可您倒是演上了，咱简直插不上话。唉——葬礼啊，归根到底是属于遗属的，咱们不能强迫。"

这家伙，借着我口中高达五十万日元的假报价，机灵地揽下了一笔三十万日元的委托，竟还有脸装傻。

但也多亏了他，御堂夫妇的心灵得到了救赎。

"这下子，我好像成了恶人，害得那家直葬公司的生意被'截和'了，可那群家伙甚至没跟我们打声招呼，就当是他们自作自受呗。而且，他们要是知道了小润的遗体碎成一片片的，肯定也会吓得主动退出。"

"是啊。现在这么解决真是太好了。"

新实用力地点了点头。

"御堂太太那么不愿意，御堂议员要是还坚持直葬，心里绝对会懊悔的。就算是为御堂议员着想，也该尽可能避免直葬。"

"他或许懊悔，但对他来说，还是直葬更好吧。"

我没想到馅子会说这种话，新实似乎和我一样，显然十分吃惊。他直接问道：

"馅子先生，您被人称为殡葬人员中的典范，居然认同直葬？"

"谁这么评价咱的？"

"我啊。"

"你傻吗？咱怎么可能认同直葬。只不过御堂议员应该能搞一场不错的直葬。"

"您有依据吗？"

"看他提的那个包袱便知道了。"

"包袱？"

"我也很好奇，那包袱里装着什么？"

"咱只是猜测——大概是绘本吧。咱跟警官打听消息时，对方提到一件事——御堂太太说，小润这孩子爱撒娇，每晚睡前都要她在床边给他念绘本。"

我记得真由确实这么说过。

"今晚御堂议员来得这么晚，估计就是回家去找小润喜欢的绘本了。他想在守夜的时候念故事给小润听吧，说不定还想把那些绘本和小润的遗体一起火化了。他有自己的立场，只得服从政党的方针，给儿子办直葬，不过咱没证据断定那个包袱里就是绘本，这个话题还是打住吧。再说了，要是咱建议直葬，那人人都选择直葬得了，咱们哪儿还有生意做，都要吃不上饭喽。"

新实正要盯着追问，馅子放在表袋中的手机适时地响了起来，像是恰好为了堵住新实的嘴似的。

"你好，咱是馅子……不好意思啊，你在休假，咱还找你忙活。等你下山，就过来诵经行吗？哎哟，高屋敷先生啊，这事只能由你来……嗯，你顺便去一下公司……土特产？不用不用，而且社长和新实收到溪谷的水也不知道咋用吧……行，之后再细说。"

他挂断了电话，抬头说了声"好咧"，便站了起来。

"葬礼由咱和高屋敷来办，新实你直接回家吧，咱送送你。"

"不，让我来办吧，您回去休息一下。"

"没事，咱打个盹儿就成。你下午还得去负责一场追悼会呢。"

"那位逝者可以拜托社长，而小润……"

"和那家的遗属接触过的人是你，和他们建立信赖关系的人也是你呀。"

"可是……"

"那是一名百岁老人寿终正寝的喜丧哎，你就打起精神，认真送人家一程吧。"

馅子本来都在往办公室门口走了，又停下脚步，回头看向我道：

"要是御堂夫妇有事，就拜托您多照料着了。"

"好，交给我吧。不过我觉得那对夫妇的烦恼应该都解决了。"

"也是。"

说完，馅子微微笑了。

外人全走完了，办公室只剩下我一个。

我却还站在原地。

克树斥责真由，说他把儿子"当成物件"，可真由却因为爱子心切，才变得如此痴狂。

那我呢？

我亲眼看着遗体在焚化炉中被烈火焚烧，给自己的心灵背上了十字架，这种做法不就是在自我欺骗而已吗？即使别人指责我说——副岛贯九郎为了让自己安心，把遗体当成"物件"，我也无话反驳。

就因为我是这么个性子，所以在小润的遗体消失时，我才害怕承担责任，在殡仪馆中到处奔走寻找，甚至寻思着威胁克树来自保。

当时我脑中一片混乱，只有一个想法——要是被解雇了，我便找不到工作了。

直到我因真由那几近疯狂的偏执，觉得自己的双手被染黑，我才想起了我的女儿佳那子。

——只要人类会死，殡葬业就会持续下去，因此这份工作最是稳定的。

原来，抱着这种观点的人不是远野，而是我。

佳那子，对不起啊。

我坐进了椅子里，打开抽屉，找出便笺纸，捏紧了圆珠笔，刚写下"辞职信"三个字，办公室的座机却响了起来。这种时候，最有可能打电话来的便是殡葬公司，要不就是由于家人去世而惊慌失措的遗属。

我接起电话：

"您好——"

"贯哥？是我！"

居然是远野。

我一边想着，这小子好歹也报一下姓名啊，一边问他有什么事。

"这么晚找您，对不起啊。但我儿子去世了。"

儿子？去世了？

"他才两岁，天生就有代谢问题，这两年来几乎一直在住院。他努力和病魔斗争，顽强地活到了现在，您当我是个爱炫耀孩子的傻爸爸也没问题，可我真心想好好夸夸他。"

别说孩子住院的事了，我都不知道远野有孩子。不，是我根本没关心过。

所以，他尽可能不上夜班，是为了去照看儿子吗？

亏我还有些小瞧他，当他是个无事一身轻的家伙。

"抱歉。"

"啊？您在说什么？"

"……你儿子不在了，我也感到很遗憾，希望他在天上过得好。"

"非常感谢您。等我儿子火葬的时候，我想拜托您来负责。"

"这恐怕不行。"

毕竟我正在写辞职书。

"您别这么说呀，这事儿非您不可。"

"还有其他同事呢。"

"不，我早就打定了主意，一定要将这件事拜托您。"

"为什么？"

"当然是因为您对遗体十分尊重啦。"

我？尊重遗体？

在我眼里，逝者的生命已经消亡，仅剩下一具躯壳，朴实无华，任人处置。

当我紧紧地盯着化成骨灰的遗体，牢记它的模样时，我都做了什么？

对了，我总是双手合十，以示尊重。

行礼期间，我彻底放空了心灵。

没有善意，亦没有邪念。

这是事实，我可以打包票。

原来如此。原来如此。

我今晚之所以这么失态，想要死死抓住这份工作，害怕被辞退，并不仅仅是急着保住这份收入。

佳那子，对不起。爸爸明明只是看中这里足够稳定，不想失业，却又拿你做了借口，自认为是为了纪念你，才继续从事现在的工作。我真是个无可救药的坏爸爸。

　　尽管我求安稳的意愿占了上风，因此珍惜现在的岗位，但我也确实对它抱着其他感情。

　　这份感情便是……

　　"贯哥？贯哥您在听吗？"

　　"嗯，我在听。"

　　我应着话，顺手将便笺纸揉成了团。

妻子的葬礼

1

我第一次见北条紫苑，是在我与阿咲的婚礼上。如今，五年过去了。

——"紫苑是我的发小，我住在S县时，我俩总是玩在一块儿。你别看上人家。我还是个学生，就横下心嫁给你了，要是被人抢了老公，那该多惨啊！"

阿咲有些玩笑似的说着，可她多虑了。

论起我对北条紫苑的第一印象，只能说她的长相并不是我喜欢的类型，为人又肤浅、脆弱，让人觉得索然无味。

不过，时隔五年，她现在怎么成了这样？听说她当了殡葬公司的社长，难道是在事业的影响之下，才出现了那么大的变化？

她那双乌黑的瞳仁仿佛深不见底，仅仅对视一眼，便好像能将人的灵魂吸走。

若她当初是以如今的面貌出席我们的婚礼，我保不准真的会被她吸引。

然而，我的妻子不久前自杀了，我或许不该生出这样的想法。

"她是九月六日晚上去世的,到现在差不多有两个月了,是吗?"

紫苑喝了一口红茶,轻轻叹了一口气。

她唇边带着淡淡的微笑,表情却很微妙,显然是在怀念去世的发小,只是顾及着我的感受,努力摆出了笑脸。

"阿咲走的那天,还与我见过面。她当时很消沉,但最后又说自己不能被小事打倒,看起来斗志昂扬……荒垣先生,对不起,我没能帮到阿咲。"

"您不必道歉。阿咲她情绪起伏大……我是说,她活着的时候便是这种性格。"

话说到一半,我才想起阿咲早已不在了。这让我不由得露出了一个苦笑。

两个月前,阿咲前往S县参加学术会议,在那里待了十天。会议其实只有三天,但她所属的公司在S县也建有研究设施,于是她提前动身,将"参会"与"出差"两项任务合并在了一起。

其间,她住在朋友的公寓里。那名友人名叫佐喜博子,正在澳大利亚留学,于是以低廉的价格将自己在S县的住处租给了阿咲,让她随意居住。

"创介,你也来嘛。紫苑在这个城市经营殡葬公司。你对葬礼感兴趣吗?想知道它是什么样的吗?"

当时,她这样问过我。

"没时间。"

妻子的葬礼 185

我拒绝了她。

我是T县人,打我还未记事起,直葬便彻底普及了。在我心里,直葬是理所当然的,我根本没见过葬礼。虽说有些好奇,可我自己就是直葬公司的员工,我认为葬礼丝毫不具备合理性,并不值得我特地请假,跑去观摩。

在遗体火化前,还要举行仪式,这有什么意义?哪怕是为了遗属着想,也该尽早火葬,捡拾遗骨。

而现在回想,我真应该和她一起去的。

阿咲在一家大型医疗器械制造公司当研究员,研究面向视障人士的医疗器械,继续着她在读研时期便参与的导盲眼镜[1]开发工作。蝙蝠利用超声波避开障碍物,而她的项目正是运用了这一原理,希望帮助盲人安全出行,自由走动。平日里,她总说要在三十岁前实现技术落地,正式投产,这句话差不多都成了她的口头禅了。但最近,她发现这款眼镜的核心系统存在致命缺陷,我对这些一窍不通,不了解详情,只是她的"三十岁目标"彻底落空了。

"三十岁不行,那就四十岁实现呗。"

我鼓励她,她却大叫道:

"说得轻松!你知道这要花多少时间吗?"

她的心情阴晴不定。为了让她积极、振作一些,我本该更努力

---

1 导盲眼镜是一种专供盲人、白内障患者及其他暂时失明者使用的导盲探测装置,形状和眼镜相似,利用集成电路进行超声导盲。——译者注

才是。

她在S县的前三天还正常,接着便无故旷工两天,同事觉得不对劲儿,去看看她到底怎么了,却发现她在住处上吊自杀了。

她没有留下遗书,况且无论她与博子的友情多深厚,这总归不是她的房子,再莽撞的人也不至于挑这种地方自杀,所以现场可谓疑点重重。警方同时从自杀和他杀两个方向展开调查,死亡推定时间在九月六日晚上九点到十点间,所有和她有关的人(包括我在内)都被警方询问了不在场证明。

结果,他们并未查出有谁怨恨阿咲,也没见东西失窃,脖子上的绳痕不是人为制造的假痕迹,即是说,她不是被人掐死后伪装成上吊的。而根据尸检,她体内没有药物残留。最终结论是她死于自杀。

"阿咲确实有偏激的一面,一旦钻了牛角尖,便听不进别人的意见,可我无论如何无法相信她会选择这条路,再加上没有遗书,简直太不自然了。"

紫苑说道。

"我理解您的困惑,可警方说这是'自杀病'。"

"'自杀病'?"

紫苑是殡葬公司的,我是直葬公司的,虽说都是和遗体打交道的行业,不过紫苑几乎没接触过这种病症。

自杀病实际上属于社会问题,在近几年开始受世人关注。尽管它的名字中带着一个"病"字,却不是被医学界承认的病症。若要解释，它泛指某人因突然冲动而自杀的现象。比如某个"上班族"和同事喝酒聚餐，回家路上突然卧轨自杀；比如某个家庭主妇正在给孩子们做晚饭，途中突然服毒自杀；又比如某个高中生在学校举办活动期间，突然从学校屋顶上跳楼自杀。其共同的特征是——与时间、地点无关的突发性死亡，且不留遗书。至于原因，有专家认为是死者认定前途暗淡，或身处人际关系淡薄的地区而深感不安等，属于现代人特有的心病，不过具体病因始终是个谜。在当今的日本，一年之内的自杀者已经跃升到了三万人，真是令人难以置信的数字。

眼下，自杀病于全国范围内蔓延，而奇怪的是，这种病例在S县颇少。再联想到S县的葬礼补助条例，有少部分人由此认为，没有葬礼是自杀病的成因之一。可是，在公开场合，没人拿这种说法当回事儿。

因此，警方的定论是，阿咲研究失败，饱受挫败感的折磨，冲动之下选择了上吊自杀。

"嗯，就是自杀病。"

我再次咬定。

"我真没想到自己的妻子会死于自杀病，但我不能一味悲伤，必须接受她自杀的事实，继续生活下去。"

"我明白您的想法，也觉得您的心意十分可贵。不过，请问您找敝公司是有什么需要吗？"

紫苑偏了偏脑袋，不解地问道。

我现在正在北条殡葬公司二楼的某间房内，看着应该是他们的接待室。在场的除了我和紫苑,还有三名男性。

我有事诚心找她商量,希望她将公司所有人员都召集起来。

虽然是我亲自拜托她的,可我本以为殡葬公司人数众多,没料到总共只有四人。当然,我也明白,工作质量和员工数量未必成正比。

"我希望由您来为我妻子阿咲操办葬礼。"

见紫苑面露为难,我也不介意,继续道:

"我想通了——妻子不在,我要努力向前看。只是不知道为什么,我好像总能听到她的尖叫声。"

事情是在阿咲去世后大约三周后开始的。

那阵子,直葬的委托接踵而来,我累坏了,晚上便早早上床睡觉。

尽管我身体疲累,大脑却十分活跃。没有阿咲的家中分外寂静,这份冷清让我感到清醒,怎么也睡不着,只是任由时间静静流逝。

我承认自己失眠了,索性打开灯,戴上眼镜,心想着读些难懂的书说不定有助于入睡,便起了床。就在这一瞬间——

我隔着磨砂玻璃,看到一个人影掠了过去。

我家是独栋平房,只有一层楼,考虑到安全,我安装了监控摄像机,但那实际上就是个摆设。我怀疑,是不是有小偷看穿了我的"小把戏",摸进门来偷钱。

怎么办?

在我犹豫的时候,一道声音传到了我的耳中。

而且不仅是声音那么简单。它尖利、高亢,像是在我的脑子里刮挠。

我跑到窗边,打开窗子看了出去,外面空无一人。

尖叫声也消失了。

"我至今不知道那人影到底是谁,甚至不知道是有人经过,还是我看错了,其实压根儿没人。可怕的是,自那次之后,我就经常听到这种尖叫。有时是早上,有时是晚上,有时是我精力十足的时候,有时是我疲劳不堪的时候,没什么规律。我问周围的人是否听到过,大家均否认了。于是我去医院检查了耳朵,没查出异状来,健康得很。保险起见,我又跑了一次精神科,从检查结果来看,我是正常的。"

我不等紫苑问起,便主动交代了自己的就医经历,再接着道:

"阿咲的母亲,也就是我的岳母说,那个人影是阿咲的幽灵,那声音也是阿咲的尖叫声。"

"确实,阿咲小时候一发脾气,也常会大声尖叫。"

"长大后,她稳重多了,可导盲眼镜开发不顺利时,她大概还是会控制不住自己,时不时地在最亲近的人面前大喊大叫。"

"所以您才打算举办葬礼,怕之前的直葬太简单,她无法安心升天,以幽灵的姿态留在人间,还发出尖叫声,是吗?"

"怎么可能。我只是觉得,岳母看到直葬,心里难过,憔悴不堪,我也不好受。"

我的岳母本间沙结子长年生活在 S 县，她父母、丈夫（即我的岳父）离世时，都办了葬礼。或许正是因此，她反对用直葬将阿咲送走。

——"创介，你太冷血了。"

直葬结束，我朝着阿咲的牌位双手合十，她就对我的为人下了如此定论。

之后，她每天给我打电话、发短信，质问我说直葬就够了吗？阿咲不是会很伤心吗？

我看着日渐消瘦的岳母，十分不忍。女儿因为自杀病，让她白发人送黑发人，这份苦楚在某些意义上也许更甚于我所承受的丧妻之痛。

"我不认为直葬有错，只是岳母那副样子实在可怜；还有那尖叫声，可能是我的幻听。所以我寻思着，要是办一场葬礼就可以让岳母好过一些，说不定我的幻听也会消失。"

我并不是只想治好自己的幻听，也考虑到了岳母，不过简单解释即可，没必要过于强调。

"伯母的身体这么差了吗……但您为什么要委托我们公司？殡葬业是地域密集型的行业，您在自己生活的城市里找一家殡葬公司，想来更方便些，提要求时也好商量。"

"您在S县，兴许无法切身体会，不过我们T县基本上没有殡葬公司。T县人非常排斥葬礼，觉得它是奇怪的仪式。若这句话让您不快，我向您道歉，可这就是事实。此外，您是阿咲的朋友。既然要为

妻子的葬礼　　191

她举办葬礼,我总想着委托给您。何况贵公司的口碑也特别好。"

"谢谢您的信任。"

紫苑答道。

我原以为她会诚惶诚恐,不料她非常坦然,又道:

"如果接下您的委托,我们等于是出差了,得增加费用,您可以理解吗?"

"这是肯定的。"

"其实,也没必要办葬礼吧?"

一名高大魁梧的男子插话道。他好像叫高屋敷英慈。

"您刚才说了,最开始时,您是在晚上听到了尖叫声,看到了人影,那么,肯定是有人暗中播放了蚊音,刺激了您的听觉。"

"这是什么?听名字就觉得痒……"

"是一种高频声音,会让人联想到蚊子飞行时的嗡嗡声,因而得名。它听起来特别尖锐,令人不快。而这种声音只有年轻人听得见,随着年龄增长,过了三十岁后,听觉退化,就渐渐听不出来了。因此,如果有人嫌年轻人聚在一起太吵闹了,会在附近安装能够发出蚊音的设备,既赶跑了他们,又不影响别人。荒垣先生您听到的尖叫声八成是蚊音,您看到的人影则是您身旁的人。对方离您很近,这才有机会一次次悄悄对您播放蚊音。"

"高屋敷先生,这不可能吧?"

说话的青年身材高瘦,五官有些中性化。我记得他叫新实直也。

他的声音里带着犹豫，接着道：

"荒垣先生怎么看都有三十……啊，是我失礼了。"

"我今年三十三岁。"

我放缓了语气，表示自己并未动怒，新实明显松了一口气。

"高屋敷先生，您看，荒垣先生听不见蚊音的。"

"我在十到二十岁期间一直接受严格的修行，拜此所赐，我的五感比常人更敏锐。举例来说，我能够通过脚步声分辨不同的人。集中精神的话，在现在这个年纪也听得到蚊音。"

"高屋敷先生，您误会大了，我们十几岁时的生活跟您可不一样。"

新实还在解释，我却无视了高屋敷青少年时期的经历，把话题拉回了正轨：

"那不是蚊音。我有一次在路上听到了那种尖叫声，便拉住了恰好路过的孩子，问他有没有听见什么怪声，对方说没有。"

即是说，我早已考虑过这种可能性。高屋敷遗憾地"嗯"了一声。

"不是蚊音，那么只有一种解释了。"

新实说道。

除了紫苑，我和其余人的视线一下子集中在了他身上，等待下文。

"是超声波。不对，严格说来，是'骨传导超声波'。"

详细解释起来，人类能听到的声音频段最高不超过二十千赫兹，更高频段的声音即是所谓的"超声波"，通常情况下根本听不见。可是，通过骨骼振动，直接将声音传递到听觉神经，人类就能听到超声波。这即是'骨传导'技术的原理。

"但凡用上这种技术，无论是健全人士还是重度听障人士，都听得到超声波。但论及它为什么适用于听障人士，我就不清楚了。"

新实说完，高屋敷皱了皱眉，问道：

"这和尖叫声有关系吗？"

"骨传导技术已经应用在手机和助听器上了，可以让人清楚地听到声音。荒垣先生，若您的助听器是对超声波起了反应，震动您的骨骼，倒是能解释这声音为何只有您听得到……"

"我不戴助听器。"

我答道。

新实闭嘴了。

"荒垣先生之前说他检查过耳朵了，一切正常。新实君，要仔细听别人说话呀。"

紫苑的话虽温和，却透着严肃感。新实小声道了歉，然后不再出声。紫苑也对我略一低头，自称失礼。

"荒垣先生，您的困扰也许真的来自精神方面的原因。站在我的立场上，自然是愿意按照您的想法来举行葬礼的。"

"万万拜托您。"

我恳切道。新实却怯生生地举起了手，问道：

"我……我不是要反对，可您太太的直葬都结束了，骨灰也收好了吧？举办葬礼不是需要遗体吗，只有骨灰也没问题？"

"莫得问题。"

一句口音奇怪又讨人喜欢的关西话冒了出来。发话的是接待室里的第三位男员工。

他中等身材,说自己名叫馅子邦路。方才新实介绍骨传导超声波时,只有他听得津津有味。

"葬礼是属于遗属们的。不管他们希望举办怎样的葬礼,咱们都该想办法满足。再说了,先办火葬后办仪式的形式也不是没有,叫作'骨葬'。"

大部分葬礼均按守灵夜、追悼会、火化遗体的顺序来进行,可习俗总是因地而异的,有些地方会将守灵夜和追悼会排在火化之后。比如说,亲戚住得远,没法立即赶来,而遗体又不易保存,那便会把火葬提在最前头。

听了馅子的说明,新实嘟哝着"原来如此"。这名青年或许并非资深的殡葬人员,只不过他气质沉稳,我才没能察觉到这一点。

"将骨灰从墓地里搬出来需要得到寺院的允许,等办妥这件事,之后按骨葬的流程来办葬礼就行了。我们只是调换了仪式和火化的顺序而已,不必特别做些什么。"

"就是说,荒垣太太的葬礼能办对吧?"

新实点点头,自问了一句,又瞥了紫苑一眼,道:

"请让我来……"

"不用,荒垣咲女士的葬礼由我负责。"

妻子的葬礼

"还是我来吧,荒垣太太毕竟是您的故友……"

"我来就好。"

紫苑不容置喙地说道。

我们约好,等五天后,也就是十一月二十日,紫苑和员工来T县。细节则由我先挑一天和岳母商量过再确定。随后,我打算告辞。紫苑主动提出要开车送我去机场,我便应了她的好意,先走出接待室,在楼梯平台上等着。这时,我听到室内传来了说话声。

"开车就拜托高屋敷先生了。"

"不,让新实上吧,他喜欢社长。"

"高屋敷先生您……您在说什么啊?!"

"嗯?我说错了吗?"

"虽然没错,不过回程的时候,车里只有他和社长两个人欸,谁知道他会做出什么事哟。"

"馅子先生,怎么您也乱说话!"

"你们俩别欺负纯情大男孩了。"

"社长,连您都……"

新实刚才主动请缨,却遭到紫苑拒绝,看起来似乎很介意,原来背后存在这些"隐情"。

五分钟后,我们上路了。新实开车,副驾驶席上的是紫苑,而我坐在后座,漫不经心地看着车窗外。街景迅速往后倒退,有个大学生似的女孩一闪而过。

"大晚上的,还有女孩子一个人走在外面?这在T县是不可能的。"

"我刚来时也很吃惊。我在首都生活的那些年里,同样没见过这种情况。"

"因为S县的治安很好吧?阿咲刚去世那阵子,我就在走夜路的时候遇上了歹徒。对方用棍棒之类的硬物猛敲了我的头,我晕了过去,身上的钱都被偷走了。幸好我本人没受什么伤,只是重新买了一副眼镜而已,该说是运气不错吧。"

红灯亮起,车停了下来。我又看到两名女性嬉闹着走在人行道上。如今冬天的脚步近了,天气寒凉,她们还穿得相当"清凉"。

其中一人是阿咲。

"这里离本州远,应该是有利于维持治安的要素之一吧。也因此,葬礼的传统得以保留。"

紫苑说道。

我的视线紧紧追逐着阿咲,几乎要将身子从车窗里探出去。可这时才看清,尽管那女孩和阿咲一样身材娇小,却根本不是她。

又来了。我的精神状态越发差了。

"只不过,S县也渐渐起了变化。"

我一边回着话,一边盯着那个女孩的背影,余光瞥见紫苑回过头来。

妻子的葬礼

她答道：

"嗯，而且受经济环境差的影响，县民们开始觉得办葬礼是白费钱。看民意调查，社会和平党的支持率上升了，这就是直观的证据。"

闻言，我慢慢转动脑袋，凝视着紫苑。

刹那间，我仿佛又看到了阿咲。

她们唯有体型相似，气质截然不同。

"往后，S县的直葬也会越来越多吧。您最好抓紧转行，不然怕是要失业了。"

说完，我对上了紫苑那双漆黑的瞳仁，忽然觉得心烦意乱。

我又硬着头皮往下道：

"您的眼睛特别有神，去当模特、演员什么的不好吗？"

闻言，她的眼睛更显乌黑深沉。

我的心绪也更加混乱。

她开口了：

"我喜欢这份工作。"

她的声音如冬天的溪流一般冰冷又澄澈，倒是让我清醒了过来。

即使只清醒一阵子也好。

"是我多话了，非常抱歉。"

"您不必在意……"

紫苑话没说完，我便重新看向窗外，随后用力地闭上了眼睛。

2

晚上十一点后，我才回到家。

"我回来了。"

我打开门，习惯性地说了一句。摆在玄关一角的红色浅口女鞋映入我的眼帘。鞋面上积了不少灰尘，我得等休息时处理掉它。除了鞋子，阿咲之前使用的房间也保持着原状，估计要花不少时间来收拾。

进入起居室后，我对着摆在餐具柜旁的小祭坛双手合十，行了个礼。祭坛上放着阿咲的照片，将她的微笑定格成了永恒。她的短发染成了亮眼的铜色，一点儿都看不出是个研究员。

我和阿咲相遇时，她才十八岁。

当时我已经在直葬公司工作了，有个学生时代的后辈忙于就业，找我打听公司的情况，阿咲是陪着对方一起来的。

我的后辈只是听着我说话，对直葬行业兴趣不大，后来便没再多往来，倒是阿咲和我保持着联系。我不明白她为什么对我这种沉默冷淡的男人抱有好感，而她却说喜欢我认真的性格。对此，我自然是毫无自觉。我并不认为自己是这样的人。

总之，我们之间一直都是她更主动。

她个子娇小，却活力四射，这一点让我觉得很有魅力。不过，当她对我提出想在自己毕业前结婚时，我还是很震惊。别说岳母了，连

妻子的葬礼　199

我都表示了反对,只是她坚持说早结婚,早享受幸福的婚姻生活。

但五年后,她又亲手结束了这份幸福。

"你的葬礼交给紫苑小姐来办了。"

我对着阿咲的遗像汇报道,随后打开窗户换气。夜色中传来了深秋的气息,晚风吹动院子里的落叶,发出干燥而枯脆的沙沙声。我脱下眼镜,闭上双眼,侧耳倾听。

我今天一整天都没有幻听,若是往后也这么和平该多好。可惜八成无法如愿。

同时,幻视亦不会轻易消失。

如今的我,时不时就将小个子的女性看成阿咲。

出门上街,每次见到这类女性,我便会产生对方是阿咲的错觉。我明明很清楚,她已不在世上,却仍得驻足细看,然后才看清那是别人……

阿咲刚离世那阵,我确实也看错过人,只不过在幻听出现后,幻视的频率就急剧上升。到如今,我甚至在不久前和紫苑对话时,将她的身影和阿咲重叠在了一起。事后我焦躁不已,觉得没有比这更丢人的事了。

而这一切都源于我的幻听,看来,必须趁早克服这个问题。

不然,我肯定会崩溃的。

这时,我的手机响了起来。我重新戴上眼镜,关上窗户,看向手机屏幕。

上面显示着"海老原纯男"的名字。

我接通了电话：

"喂？"

"我听说你特地跑了一次S县？"

"你听谁说的？"

"你岳母沙结子阿姨。她似乎如释重负，说总算有脸面对女儿了。"

海老原叫我岳母"沙结子阿姨"，按说几乎不会有人如此称呼同事的岳母，但从他口中说出来，却不让人觉得有多别扭。

我和他已经共事三年了。

一个人很难搬运遗体，因此直葬公司基本上都安排两人为一组。

我的工作环境非常残酷，通货紧缩的浪潮波及了直葬业界，最近"三万日元直葬项目"大受欢迎，遗体连棺木都不入，就直接焚化。火葬流程简化本身是件好事，然而对我们这些直葬行业的从业者来说，就不得不本着薄利多销的原则，做好随时随地接受委托的思想准备。

与此同时，不少接受火化的遗体和他们生前的样子区别显著，需要我们有一定的心理承受能力。

许多人误以为这是份轻松的工作，可若因为这种天真的想法便入了行，那肯定无法胜任。唯有坚信自己能尽快完成火葬，将骨灰呈送给遗属吊唁，方能在直葬公司继续干下去。

我不知道海老原的想法是否与我相同，可想必是有些共同点的，不然也当不了这么些年的搭档。

他曾在S县的殡葬公司上过班，处理遗体时或许颇有心得。

"阿咲去世也有两个月了，你怎么现在才给她办葬礼？"

"我想早日结束幻听。"

我将岳母提出的假设说了一遍。

"这样就能解决问题了？你也不想想T县的社会风气。说真的，举办葬礼的话，周围的人都会嫌弃你。重新考虑一下吧。"

"现状如此，我没其他法子了。"

说完，我本以为他会当即反驳我，哪知他沉默了。

"怎么了？"

"荒垣，我说啊——"

他顿了一会儿，略带不安地道：

"你是不是得了抑郁症？阿咲直葬的时候我就注意到了。你很痛苦吧？"

我很痛苦？岳母分明说我冷血，他俩对我的印象真是完全相反。

"别搞葬礼了。直葬合理多了，也是为了遗属们好。你自己平时不老是抱着这套论调吗？办葬礼真不符合你的作风。难道你不止出现了幻听？"

"没那回事。我的想法其实很简单，即使幻听没有消失，光是冲着安慰岳母，我都该给阿咲办葬礼。"

提到岳母时，我心中泛出了淡淡的罪恶感。

"原来如此……我有数了。反正你能安心就好。"

海老原答道。不晓得他是不是真的理解了我的想法。

"我正是这么想的，我也会去帮着殡葬公司一起做准备工作。"

"为什么？你是遗属欸，是客户啊，干吗去帮殡葬公司做事？"

"是我主动提出的。我看这是个好机会，亲身参与一下，说不准还能给我们的直葬业务提供参考。"

"事先声明，我可不陪着你去帮忙。"

果然如我所料，海老原会来牵制我。

"无论说多少次，我都只有一句话——我绝不会再和殡葬公司扯上关系。这是我的底线。即使是阿咲的葬礼也不例外。"

"好吧。"

"你别这么遗憾呀，你跟对方开会商量的时候，我还是可以参与一下的。"

"我没觉得遗憾。"

"不用跟我客气，殡葬公司都看准了遗属'不懂行'，想尽办法'敲竹杠'。我得帮你盯着他们，别让他们讹到你。"

"不必担心，我找的那家公司叫作北条殡葬公司，口碑很不错，况且社长北条紫苑是阿咲的发小。"

"嗯？这岂不意味着，那个社长特别年轻吗？可公司口碑却这么好，肯定还有些没人知道的内幕。我越发不能放着不管了。"

妻子的葬礼

在这件事上，海老原简直倔强到了莫名其妙的地步。

十一月二十日当天，我家的起居室里挤了整整八个人，包括北条殡葬公司的四人、我岳母、海老原、阿咲的同事柳田以及我。

"你是紫苑？真是不敢相信，都长成了这么出色的大姑娘了！"

岳母惊讶地睁大了眼睛，又问道：

"不好意思，伯母我多问一句——我看你还姓'北条'，没有改成夫姓，难道还没成家？我记得你妈妈常说，早日结婚成家才是女人的幸福。"

"是呀，可惜我还没遇上好姻缘。"

"也是，也是。"

岳母瘦得两颊凹陷，却仍在女儿的发小面前露出了久违的笑容。

她一个劲儿地叙起了旧：

"你和阿咲从幼儿园起便是好朋友，你俩个子都小，排队时总排在前头。你做事努力，一直激励着阿咲呢。对了，你像过去那样把头发放下来该多好呀，难得留得那么长。"

"我在工作时会盘发，做起事来更麻利些，但剪掉又舍不得。"

紫苑说着，伸手摸了摸纤细的脖子，大家都看向了她，她和我岳母对话也暂停了一瞬。馅子抓紧机会，转换了话题，道：

"咱请问一下，这两位是？"

如果这是馅子和紫苑之间的默契配合，那真是令人叹服。虽说被迫打断的岳母有点可怜，不过若她一直沉浸在回忆中，紫苑他们便无法开展工作了。

我暗自佩服馅子，同时跳过了海老原这个"麻烦分子"，先介绍起了柳田：

"这位是阿咲的同事——柳田有先生，是一名研究员，也是我从学生时代一直往来到现在的老朋友。"

"各位好。"

柳田长着一张娃娃脸，一边和众人打着招呼，一边露出了和善的微笑。

他在公司研究面向听障人士的医疗器具，比如"怎样将助听器小型化""如何提高助听器的遥控性能""开发让听障人士更容易听清声音的手机"等项目。

阿咲正是受了柳田的影响，才会对那家医疗器材制造公司产生兴趣。她和我确定恋爱关系后，认识了柳田，找他打听了许多公司上的问题。柳田也将她当成妹妹，回答得十分真诚、仔细。再加上阿咲进公司后研究的领域和柳田相近，柳田相当照顾她。为了阿咲的葬礼，他今天特地请了假，赶了过来，陪我一起跟殡葬公司商量。

我简单地说明了情况后，柳田对紫苑等人行了个礼，道：

"我对葬礼一无所知，不过依然希望尽自己的一分力，请各位多指教了。"

"是我们要请您多指教。"

紫苑低头回礼，在重新抬头之前，海老原便开口了：

"我也麻烦您指教了，北条社长。"

他将"社长"二字咬得特别重，然后道：

"我是荒垣的同事，姓海老原。本来在殡葬公司上班，三年前跳槽去直葬公司了，所以绝对比一般遗属更了解葬礼的门门道道，请各位记得这一点，多多关照啊。"

"您这么可靠，我们便放心了。如果有需要，麻烦您务必提供协助。"

"这还真不巧了，我绝对不会再掺和殡葬公司的事了。"

"是吗？这下可少了一员干将呀。"

紫苑顺利地应付了过去，转头看向我和岳母，道：

"那么，我们开始商量正事吧。首先，二位同意由这位高屋敷先生负责诵经吗？他是敝公司的员工，因此不需要额外的布施。"

她口中的高屋敷先生是正式剃度过的僧人，平时戴着假发，所谓的"不需要额外布施"应该是对我们的照顾，想尽量帮我减少一些费用。我自然没有异议。

"接着是会场的问题。我们在并川市民公民馆[1]的别馆租了一间大约二十个榻榻米大小的日式大房间。老实说——"

---

[1] 公民馆是日本的社区教育体制下的载体之一，类似于我国的地区文化官，为所在社区的居民提供服务的综合性社区教育设施，包括开展讲座、课程、交流会，展示图书、工艺品，组织文体交流活动等。——译者注

讲到这里，紫苑顿了顿，接着道：

"其实租场地一事办得并不顺畅。当我们说出租用目的是办葬礼时，对方便不太乐意，直接拒绝了。经过交涉，最终将葬礼定在了二十一日下午四点至二十三日下午两点。只是，二十一日傍晚六点至二十二日傍晚六点期间不许别人进入。"

就这样，我们划分了葬礼的大致流程，二十一日布置会场，二十二日举办守灵夜，二十三日举办追悼会。

接着，我们按照葬礼事项的清单，开始商量具体事宜。紫苑掏出钢笔，将我岳母的要求一一记录在便条本上。阿咲也有一支一模一样的钢笔，她很喜欢用。我记得她说过，那是升入初中时，和紫苑一起买的纪念品。

我们聊得很顺利，可在岳母提出想给阿咲办"音乐葬"时，连紫苑也微微露出了为难的神色。

音乐葬是在仪式期间播放逝者生前喜欢的音乐。通常说来，葬礼给人的印象即是在沉重肃穆的氛围中听僧人念经，于是音乐葬算是非常出人意料的形式。

"阿咲那孩子喜欢'披头士[1]'对吧？我希望在葬礼上播放那支乐队的歌。音源我来准备，不会给你们添麻烦的。可以吗？可以的吧？"

---

1 披头士乐队（The Beatles）是全世界著名的摇滚乐队，在1960年成立于英格兰利物浦市，1970年解散。——译者注

"但场地是公民馆的,守灵夜期间播放的话,说不定会影响周边居民……"

"如果守灵夜不行,追悼会呢?社长,'披头士'的专辑堆得到处都是,随时能弄到。"

新实帮了岳母一把,和公民馆协商,最终得到了能在追悼会上播放音乐的许可。我压根儿不懂'披头士'有什么魅力,难道我得在追悼会时听他们的歌?简直让人无法想象那到底会变成一场怎样的葬礼。

这时,馅子紧跟着提出了一个建议:

"要不用数字遗像?传统葬礼上,遗像都是纸质的,而'数字遗像'则是用液晶屏幕呈现逝者的照片。诵经的时候,就展示静态照片,放歌的时候,就滚动播放照片。"

"是个好主意,尽量多播放点照片,越多越好,我来准备。"

"既然有音乐,有数字遗像,不如再来一盏豪华吊灯……"

"很棒呀!只有华丽的葬礼才会用那种吊灯吧?阿咲肯定会高兴的!"

"感谢光顾,咱需要追加一些费用——"

馅子和我岳母聊得投契,我感觉这场葬礼越发脱离我能想象的范围了,紫苑费心帮我压低的殡葬费用也在节节攀升,但只要岳母开心,我便不计较了。

倘若岳母不再这么憔悴,我的幻听问题一定会痊愈的。

与北条殡葬公司商量完葬礼事宜，又过了一会儿，起居室里只剩下我和柳田两人。

　　"在日式房间里安上吊灯，这是什么古怪的搭配？"

　　"我也这么想。可别说我岳母没意见，连以前在殡葬公司工作过的海老原都不反对，看来葬礼就是这么回事吧。"

　　见海老原一副欲言又止的样子，估计对方的报价是合理的。

　　"反正我们没法理解这种仪式。"

　　柳田总结道。

　　"然而，我也不能反对。接下来麻烦你联系阿咲的同事，告诉他们葬礼的时间地点，朋友们那边由我来通知。"

　　我答道。可柳田没有搭腔，只是直直地盯着我。

　　"怎么了？"

　　"荒垣，你真的很坚强。"

　　我不明白他的意思，扬了扬下巴，示意他说下去。

　　"你一直都这么坚强，静静地接受了阿咲的死。你跟我打电话说阿咲没了的时候，那语气冷静得简直吓人。"

　　现代社会，人们通常是用电子邮件发讣告。据说以前是写明信片的，可这纯属浪费资源，又花时间，所以，能一键批量发送的电子邮件自然会变成主流。

　　然而，我最先用电话知会了柳田。

　　我记得当时对他说——阿咲在外地出差期间自杀了，等到警方将遗体送回来，我就给她办直葬，届时请你来见证一下。

柳田一时间说不出话……

我正回想着那通电话的内容，柳田却重复着说我很坚强。

"你也习惯没有阿咲的日子了吧？我非常佩服你。"

"只是我的幻听还没好转。"

"啊……抱歉。"

"别在意。岳母说举办葬礼后幻听便会消失，我衡量了一下，这说法还挺合理。你要说我坚强，大概确实如你所说吧。"

话虽如此，我用直葬送走了阿咲，岳母说我冷血，海老原说我痛苦，柳田却说我坚强……真是一人有一套看法。

第二天下午四点过后，我、海老原以及北条殡葬公司的员工们抵达了并川市公民馆的别馆。柳田联系了我，说下班后赶过来。

我第一次接触葬礼，只能凡事都听紫苑指挥。可我一点儿也不懂这些亲力亲为的工作有何意义。只是在我们的努力下，这间普通的日式房间有了很大的变化，这点着实精彩。被称为"鲸幕[1]"的黑白条纹布挡住了四壁。我知道幕布后方只是有些脏的消石灰墙，此处也只是公民馆的房间，但眼下被单独移作他用，倒也带上了几分灵性。

高屋敷和我一样，一声不吭地对紫苑的指示唯命是从。新实则不同，他一边拉着电线，一边调整音响的位置，还不停用圆珠笔在便条

1　鲸幕是日式葬礼上常用的幕布，花色为黑白相间的窄竖条纹。——译者注

本上写着什么，表情十分严肃，跟他被紫苑提点时那副沮丧的样子完全判若两人。

他似乎入行才不久，工作上的失误也多，而我大概误解了他，只察觉到了他不成熟的一面，没有意识到他认真的本性。

说到误解，我确实对"吊灯"产生了误解。

馅子站在折叠凳上，熟练地摁着图钉，把柔软的白布钉在了天花板上，再逐层做出造型。布料打着褶子，构成了一个圆形，看起来就像是一盏豪华的吊灯。

见我出神地盯着那团被摆弄得漂漂亮亮的布料，海老原摆出一副很"懂行"的样子，对我说道：

"那就是'吊灯'，正式的名称叫作'布吊灯'。最近是看不到了，但高端葬礼绝对少不了它。顺带一说，偶尔也有外行人误以为殡葬公司会使用真正的大吊灯。"

"之前商量时，你就该提醒我们这些外行人。"

"你怎么傻乎乎的，当然得在现场照着实物解说，才更有感觉啊。"

"海老原先生，请问您手边有事在忙吗？有空的话，能来帮帮我们吗？"

紫苑在祭坛旁说道。

"我说过这辈子不会再掺和殡葬公司的事了吧？如果给我算打工费的话，我倒是可以考虑。"

他嘴上说得煞有介事，却迈步往紫苑身旁走去。

妻子的葬礼

我以前问过他一次,为什么不肯再与殡葬公司有所攀扯,他解释得很含糊,就说是之前工作的公司乱收费,毫无职业道德。一旦有遗属希望仪式从简,那家公司便"教育"遗属,说这会让逝者不悦,有时甚至会强迫他们举办豪华的葬礼。

他认为自己的工作是为遗属提供帮助,深深以此为荣,可是殡葬公司破坏了这份荣誉感,所以在他眼里,或许直葬公司才和他理念一致。证据便是,他曾说过"提起殡葬公司就犯恶心"。

我对他说,既然这么反感,今天压根儿不必露脸。他虽表示是怕我被"敲竹杠",特地来盯着我,可这怎么看都太过操心了。莫非他的真实目的是显摆关于"布吊灯"的知识?

"不好意思,咱们咋能叫遗属来做事呢?"

馅子从折叠椅上爬了下来。他穿着一条旧围裙,大概是专用的工作服。

"没事,是我自己提出要帮忙的。"

"就算您这么说了,也别真当回事啦。对了,您的幻听好些没?"

"今天还没听见过。真希望就这么痊愈了。"

得知我决定为阿咲办葬礼,岳母喜出望外。而这大概也让我安下了心。压力减轻后,幻听的问题即不药自愈了。

我刚简单地向馅子解释了几句,他便自言自语道:

"真能这么顺利吗?"

"您还有什么不放心的吗?"

"没什么。对了,咱想多问一句。您太太在开发导盲眼镜时遇到了挫折,有时候会在亲近的人面前激动地尖叫,是吧?这'亲近的人'具体包括哪些人?"

"除了我这个丈夫,应该还有我岳母、我们共同的朋友柳田、我的同事海老原。"

"她和柳田先生认识很久了,但和海老原先生也熟?"

"他常来我家,跟我一起吃饭喝酒。他和阿咲都是不怕生的性子,不久后便熟络了起来。就这样,我们三个再加上柳田也不时聚着喝上一杯。只是阿咲和柳田聊起科研话题时,就没我和海老原什么事了。"

"原来如此。"

"难道他们做了什么?"

"不不不,咱没这种想法。"

馅子装着傻,接着往新实身边走去,问道:

"沙结子女士已经把葬礼上要用的音乐给你了是吧?能正常播放吗?"

"还行,但我希望把音响的功率再调得大些。"

"音量太大会被周围的居民抱怨的。"

"我会注意控制音量,不吵到馆外的人。"

馅子似乎忘了与我之间的对话,和新实讨论起了工作。

但我总觉得,馅子在怀疑我岳母、柳田、海老原三人中有人用了某种方法，让我听到了尖叫声。

真是无稽之谈。相比之下，反而是"闹鬼"的说法更可信一些。毕竟这仅仅是我的幻听。

六点刚到，我们这群人就被赶出了公民馆。

我们走了五分钟左右，偶遇了我岳母和柳田。我岳母关心葬礼准备得如何，柳田则是来帮忙的。我对他们说，时间到了，公民馆不许我们继续逗留，他们垂头丧气，一脸遗憾。

"我只是想提前看看，阿咲会不会喜欢这个会场。不过我相信，紫苑你肯定能把会场布置得很漂亮。"

岳母对紫苑说道。

"是的，我觉得您会满意的。"

紫苑并不谦虚，这或许是她对工作的自信。虽说人们对这种作风褒贬不一，但我是持肯定态度的。而且她并不因为这是朋友的葬礼便过于伤感，自始至终保持着专业人士应有的客观与冷静，果然拜托她是正确的选择。

正在我这么想着时，幻听又出现了。

持续时间也是至今为止最短的。只在我的脑海中出现了一瞬间，随后便消失了。

我环顾四周，却不见阿咲的身影。

"您怎么了？"

"没什么。"

我答道,同时告诉自己,这是错觉。

3

第二天,在守灵夜开始前,发生了一桩小小的麻烦。

公民馆的管理人是一位初入老龄的男性,前额微秃。我们刚到场,他便瞪着我们,板着脸抱怨道:

"你们擅自动用了我们的设备吧?为什么不守约定?这么做让我很为难啊。"

听他的说法,我们"擅自动用"的,似乎是收在主馆库房里的双梯。

"昨晚我下班回家前检查过一次,什么问题都没有。可今早一看,设备的位置却变了。即是说,昨晚有人在我走后偷偷溜进来,用了馆里的东西。而仔细想想,也只有你们做得出这种事。哼,就算我们的警备工作松懈,你们都太不地道了。"

在他心里,办葬礼的绝对不是正经人,说不定会在晚上摸入公民馆,不经允许就用双梯。见对方这么不讲道理,海老原气呼呼的,正要上前理论,紫苑却快了一步,挺直了脊背,盯着那名管理人,道:

"敝公司租借了贵馆的场地,就有义务查清贵馆的设备到底是不是敝公司的人用的。不过,现在请您先让我们按时举行葬礼,等正事办完,我会将调查结果汇报给您。"

"……行吧。如果情况严重，你得负责啊。"

对方或许是被她真挚的眼神震慑住了，讪讪地退开了。

"双梯？谁会动这种东西？图啥呀？"

"馅子先生，您在说什么？刚才明显是那个大叔搞错了。"

新实答道。我也有着同样的看法。

我们一起走向了别馆。

门口竖着一块告示牌，上面写着"荒垣咲女士葬礼会场"，字迹非常漂亮。

看到它，我便意识到，阿咲的守灵夜马上就要开始了，心中难免有些紧张。

"荒垣咲女士的葬礼即将举行。"

紫苑宣布道。

我没有相关知识，不知殡葬行业是否默认由女性担任葬礼的主持人，可紫苑的声音富有穿透力，中气十足，听在耳中非常舒心。加上她的台风镇定、稳健，可见经常主持葬礼。

吊唁者意外地少。虽说阿咲已经去世两个月了，可考虑到她的交友范围，来者应该更多一些。看来，T县县民对葬礼的抗拒感超乎我的预料。

葬礼的确有不合理的一面，可是这种排斥其他文化的狭隘心理却让我不敢苟同。

岳母端坐在我身旁，我偷偷瞥了她一眼。

葬礼开始前,她的神色相当轻松开朗。我本担心她也误会了"吊灯"的意思,便在来路上将真相告诉了她,说那吊灯是用布料模拟的,却被她好好炫耀了一番。她大声说自己当然知道,为了给阿咲办一场豪华的葬礼,她提前做了各种调查。结果,连走在前面带路的馅子都听到了,夸她"功课"做得到位。这下子,她更是得意。

可现在,她号啕大哭,就像是要将体内的所有水分都排空似的。

高屋敷诵起经后,她弯腰跪地,额头紧紧地贴在了榻榻米上,哭得像个孩子一样。我很同情她,同时又有一种奇妙的心情——事到如今,她为什么还能这么伤心?竟比直葬刚结束时哭得更激烈。难道时间的流逝并未治愈她心中的伤痛?

我无法推测出她的心情,唯独确信她无论如何都想举行葬礼。如今这个夙愿终于实现了,压在我心头的重担想必会减轻一些。即使幻听、幻觉的症状没法当场消失,但总会逐渐缓解的。

然而,这可恶的幻听似乎就在等着我产生侥幸心理。

我突然听到了一阵尖利的声响。

它来势汹汹,狠狠钻入我的耳中。我衷心祈祷它像昨天一样立即停下,可是,它断断续续、一波一波地袭来。我的双耳和大脑剧痛,像是活生生被剜出了伤口,每当我觉得要结束了,它便再次响起,如此反复。就算有高屋敷的诵经声在,它却始终纠缠着我,不停折磨着我。

"请丧主上香——"

我按着主持人紫苑的指令起身，但差点儿没站稳。这不是因为不习惯正襟危坐，而是被吵得头疼。我重新扶正了眼镜，蹒跚地走向了祭坛。或者该说，是祭坛和遗像在一步步地逼近我，阿咲的容颜亦随之在我眼中渐渐放大，与此同时——

啊……这到底是怎么回事？

刺耳的尖叫声更响亮了。

我无法继续认为这仅仅是幻听，它在我的颅内响个不停，我的头骨痛得快要裂开了。

阿咲，是你吗？

难道岳母说对了，你对直葬不满，哪怕我现在给你补办葬礼，你也不肯原谅我吗？

阿咲的声音听起来如此清晰，但真的只有我一个人能听见吗？北条紫苑，你听到了吗？你是她的发小啊！

而我看到的人也不再是紫苑。

是阿咲。

"请丧主上香——"

紫苑的催促让我清醒了过来，我这才意识到自己愣在原地。

喊醒我的人不是阿咲，是紫苑。

我不知道自己接下来做了什么，也不确定自己有没有上香，甚至不记得致辞时说了哪些话。在那尖叫声的刺激下，我于清醒与疯狂之间反复徘徊，浑浑噩噩地熬到了仪式结束。

守夜的场地是一间约十个榻榻米大小的房间。仪式结束后，吊唁者都回家了，又正好有遗属委托我们公司办理直葬，我记得海老原说他会去找行业里的"自由人"顶上我的空缺，叫我安心陪阿咲，因为这真的是我们夫妇相处的最后一夜。等叮嘱完，他也走了。

　　不过我依然头昏脑涨，神志不清，所以记忆模糊，不确定他是不是真的留下了这些话。

　　"我是在仪式中听到的。"

　　我突然说道。

　　岳母正拉着紫苑说心里话，听我开口，惊讶地回过头来，问道：

　　"……听到什么？"

　　"阿咲的声音。仪式办得好好的，我却一次次地听到她的尖叫声，甚至感受到了一种异常的执着。"

　　我将方才的经历如实相告，我岳母整个人萎靡了下来，活像是泄了气的气球。

　　"伯母，您振作一点。"

　　紫苑伸手搭在她的肩上，安抚着她，她无视了紫苑，颤声道：

　　"……阿咲，阿咲果然在生气。葬礼办得太迟了……她恨创介给她安排直葬，就下了诅咒，想杀了创介……而下一个死的就是我……我似乎也听得见我女儿的声音了……是尖叫声……不对，是我想听！阿咲，让我听听你的声音啊！"

　　她拂开了紫苑的手，猛地站了起来，继续叫道：

妻子的葬礼

"阿咲！全怪妈妈不好！不管创介是怎么说的，妈妈都该给你办葬礼啊！"

"阿咲妈妈，请您冷静！"

柳田也制止了她，她却仍一声声地呼喊着女儿的名字，似是着魔了一般。

"伯母，我们陪您回家。今晚有我守在这里呢，您先回去，好吗？"

紫苑的语声中充满了苦涩。

"紫苑，你听不见阿咲的声音吗？她是在骂我们为什么不早点办葬礼对吧？"

"我们先走，其他慢慢说。"

紫苑试图撑着岳母，怎奈她身材娇小，力有不逮。

"我跟您一起，有个男人出力会好办得多。"

"柳田君，你怎么说？你没听到阿咲的声音？！"

"很遗憾，我没听到。"

柳田半抱半撑着我岳母，刚回答了她的问题，又对我说道：

"荒垣，你留在这里，阿咲妈妈有我和北条社长照顾。"

我只能点头，默默地目送着柳田支带着我岳母离开，紫苑则紧跟着他们。

我很清楚，阿咲已经死了，走在我岳母身旁的那个人是紫苑。

她们的头发长度和颜色都不同，可我就是会将她俩的背影重叠在一起。

见阿咲——不，见紫苑走出了房间，我浑身虚脱，背靠在墙壁上，竖起耳朵关注着周遭的动静。北条殡葬公司的员工们在隔壁会场布置，为追悼会做准备，而除此以外便没有其他响动了。

听不到阿咲的声音，我该高兴还是该伤心呢？可悲的是，我连这一点都弄不清了。

我的心灵正在渐渐崩坏。

不知过了多少时间，馅子走了进来，问道：

"您没事吧？"

我缓缓看向他，回答说：

"我本来说好了要帮忙的，结果什么也没做，对不起啊。"

"您别勉强。追悼会的会场跟守灵夜差不多，不需要多布置什么。话说，咱从社长那里听说了，您的幻听又发作了？"

"那大概已经不能算是'幻听'了，而真的是阿咲的幽灵在尖叫。"

"您是直葬公司的员工，咋还这么迷信咧？"

他"哎嘿"一声，坐在了我的身旁。

"您干着和遗体打交道的工作，肯定清楚世上没有幽灵。要是咱们这行的人信这些，可拯救不了遗属们啊。"

"我本也是这么想的，直到我失去了阿咲。"

我无力地答道，然后抬起头来，继续道：

"说不定我已经疯了。在暴徒偷袭我时，我的大脑和眼镜一样被打碎了。难怪我去耳鼻喉科和精神科就医时都查不出问题。我该尽快去脑外科挂号……"

"您挨打了？"

"我没跟您提起过？"

我顺便将阿咲死后，我在走夜路时遭到歹徒袭击，被洗劫一空的事说给了馅子听。馅子全程没有出声附和，只是静静地听着，然后喃喃道：

"原来出过这种事。"

他挤了挤本就眯缝着的眼睛，别人或许看不清，可我觉得他似乎是在盯着我看。

片刻后，馅子慢吞吞地开口了：

"荒垣先生——您要是肯按咱说的做，估计就不会再听到那种吓人的尖叫声了。"

大概过了十三个小时，追悼会开始了。事实果然如馅子所说，我耳中没有再次响起幻听。

他对我解释了幻听的原因，还说我绝对不会再遭遇这种烦恼。我了解了他的意思，只是没什么真切的感觉。

之后，我会因为别的理由而重新听到什么吗？

我心里并不踏实，于是未在追悼会开始前将这件事告知岳母。她一副魂不附体的模样，看起来着实可怜，但若是把话说早了，让她空欢喜一场，她岂不是更凄惨了？

尽管我心中疑神疑鬼的，可我的耳中只有高屋敷那清朗嘹亮的诵经声。经过尝试，馅子似乎是对的。

我紧紧盯着阿咲的遗像。直到眼下，我才意识到昨晚自顾不暇，甚至没有余力去看她的电子照片。

不久后，经文便诵读完毕。

"在上香环节前，我们将按遗属的希望，播放逝者生前最喜爱的音乐。"

紫苑的话音刚落，会场即响起了"披头士"的歌曲，钢琴声和拍手声组成的前奏洋溢着热闹的气息，接着便是朝气蓬勃的歌声。吊唁者流露出了迷茫的神情，面面相觑，似乎在用眼神询问——难道葬礼就是这样的？

我原以为，自己也会感到这音乐与葬礼格格不入，事实倒并非如此。

我想起了一首歌——

Yesterday~ Yesterday~ Yesterday~ Yesterday~

因为工作的关系，阿咲的确常读用英语写成的论文，但也仅限于此，并不像真正的外国人那样时不时哼唱英语歌曲，只是会跟着节拍，一声声地唱着"Yesterday"。它的旋律带着忧伤的感觉，被她一唱，便成了一首快乐的歌曲。我都听笑了，她就噘着嘴问我有什么奇怪的。

往后，我再也听不到她那古里古怪的歌声了吗？

妻子的葬礼 223

阴郁的感情仿佛化作了利箭，射穿了我的心头。

阿咲死了。两个月前举行直葬时，我就明白这一点，为何现在又情绪翻涌？

阿咲确实死了。

事实紧紧地挤压着我的心脏。

液晶屏幕上的照片不断变化，前一张照片上，阿咲还在对着我笑，这一张照片上，她又穿着研究员的白大褂，读着一本厚厚的书。它是我拍的。当时她说，她会摆出一副看书的样子，叫我假装是在记录她的日常生活剪影，别让人瞧出这是摆拍。我答应了这烦人的要求，按下了快门。

"请丧主为逝者上香。"

我依言起身。今天和昨天不同，阿咲的遗像没有凑近到我眼前，而是我走向了阿咲的遗像。

阿咲已经死了，阿咲已经死了，阿咲已经死了……

我在心中反复告诉自己。阿咲不在世上了。

无论液晶屏幕上显示着哪张照片，阿咲都已经死了。

属于阿咲的回忆永远停留在了过去，再也不会有新的产生了。

少了幻听的干扰，"披头士"的歌声传入了我的耳中。我不懂英语，自然不知道歌词的内容，但我听出了一句短语。

——人生还将继续。

我的人生路还很漫长。

我与阿咲共同度过了几年,往后的时光将远远长于这段岁月,可是,不会再有阿咲陪着我一起走了。

我的余生都没有阿咲了。

在这一瞬间,我全身的细胞都第一次理解了这一点。

阿咲已经死了,阿咲已经死了,阿咲已经死了……

我的人生却仍将继续。

液晶屏幕上的画面渐渐模糊了起来。设备并未发生故障,是我自己的问题。我感到双眼一片朦胧,便摘下眼镜,揉了揉眼,脑中却忽然澄明。

岳母认定我冷血。

海老原担心我痛苦。

柳田觉得我坚强。

尽管他们看法不同,但结论都是正确的。

因为我之前一直没有哭。

4

追悼会结束得比计划略晚一些。我眼中全是泪,没法好好上香,影响了既定的流程,给别人造成了麻烦。可紫苑没有催促我,只是静静地等我平复心情，这让我心怀感激。

吊唁者全都回去了，仅有我们这些相关人员留在会场里。

接下来要进行的不是聚餐，而是听馅子揭开整件事背后的谜团。

"荒垣先生听到的尖叫声不是幻听，更不是啥子'幽灵之声'，而是人为制造的。"

他这番开场白一出，简直像是在演绎推理小说中的破案桥段。

"'罪魁祸首'就是这玩意。"

他拿起了一样东西，我岳母、海老原、柳田三人皆满脸讶异。

昨晚的我估计也是这副不明就里的表情……不对，馅子那时好像还说了一句：

"很遗憾，布下这个机关的人就在他们三人之中。等明天追悼会结束，咱会把事情解释清楚，您再稍微忍忍。"

换言之，他们中有一个人的惊讶是装出来的。

"你是认真的？没开玩笑？这不就是一副眼镜吗？"

海老原瞪大了眼睛。

如他所言，馅子手中的正是一副乍看普通，实则有些奇怪的眼镜。

"它和阿咲的尖叫声有什么关系？"

海老原追问道。

"我不知道有什么关系，但它和荒垣佩戴的是同款。"

柳田答道。

"不愧是柳田先生，您说得对。不过说得再具体些，咱手里这副眼镜是荒垣先生一直戴到昨晚的东西。它被人动了'小手脚'，镜腿上藏着超小型的骨传导式助听器，而他现在换了另一副差不多的眼镜。新实，接着换你说。"

他点了新实的名，新实有些紧张地解释说，人耳原本听不见超声波，但通过骨传导技术便能听到。

随后，馅子接过话头，总结道：

"就是这样。所以戴着这副眼镜的话，可以听见超声波，而周围的人却啥都察觉不到。"

"啊！"

我岳母叫出了声。

"创介听到的不是我女儿的声音，是超声波？"

"对啦。咱姑且把干这件事的人称作'犯人'吧——犯人随身带着超声波发射器，找机会摁下开关，让荒垣先生听到那些声音；又或者为了不让人发现，躲在荒垣先生身后，从远处发出超声波。荒垣先生也将它当成了太太的尖叫声。再加上只有他一个人听得见，还特别烦恼，怀疑自己幻听了。当然了，这个助听器是遥控操作的，犯人只会在发出超声波的时候启动它。否则万一被荒垣先生在自己身上听到什么，不就暴露身份了吗？"

"你说什么傻话？"

海老原直接反对道：

"这是眼镜啊！是每天都戴着的东西啊！不管助听器有多小，总

妻子的葬礼

会被荒垣发现的吧？"

"没错，因此犯人伪装成暴徒，趁晚上袭击了荒垣先生，还偷了他的钱，把戏做得十足。可真正的目的却是弄坏他的眼镜，好叫他买一副新的呗。"

听完馅子的推理，我岳母、海老原、柳田都抽了一口凉气。这反应和我昨晚一样。

"荒垣先生买了新眼镜后，犯人便找了同款的眼镜，装上骨传导助听器，瞅准机会将两副眼镜调了包。荒垣先生可能也感觉戴着不太舒服，不过考虑到那是新买的，过阵子就戴得惯了，便没深究。"

馅子说得没错，我的确一度觉得新眼镜佩戴感不适。

"犯人用超声波，一步步地把荒垣先生逼得快疯了，这样，便有理由撺掇他办葬礼了。如果顺利，甚至能再逼他一把。于是，犯人在二十一日行动了，等晚上公民馆闭馆后潜入，在会场装了一台超声波发射器，又在守灵夜结束后趁乱回收。安装地点八成是祭坛吧？荒垣先生不是要上香吗？怪不得他离祭坛越近，传入耳中的尖叫声就越大。操作方法当然也是偷偷遥控啦。只要发射器不在自己身上，即使长时间发出超声波，想来也没人能锁定犯人是谁。接着再说追悼会，'披头士'的音乐里也掺了一些超声波。犯人真是细心呐。"

犯人居然做到了这地步。若不是有馅子在，我肯定会在追悼会上继续听到尖叫声，进而彻底崩溃。

"好了，设下机关的到底是谁呢？荒垣先生之所以会将超声波误会成太太的尖叫声,是因为他太太会在激动时会大吼大叫。可反过来说,犯人也了解这一点,这才会想到利用超声波。听荒垣先生说,除了他本人,唯有沙结子女士、海老原先生、柳田先生清楚他太太的坏习惯。当然,知情人还有咱家社长,可她是S县的人,没法三天两头往T县跑,可以排除嫌疑。"

"我补充一句,其实还有一些朋友知道这件事,不过他们都住得很远。"

听了紫苑的话,馅子接着道:

"此外,犯人得趁着荒垣先生不注意的时候,给镜腿上的助听器换电池呢。照这么看,犯人也只能是在场三位中的一位了。"

"这不可能吧?小型骨传导助听器不是属于柳田的研究范围吗?况且还用到了超声波这么专业的知识……"

海老原的语气有些粗鲁,却又像在顾虑什么。

"你想说我就是犯人吗?"

柳田脸色苍白,馅子却摇了摇头,道:

"说真的,咱最先怀疑的也是柳田先生,但医学进步了,弄个小型的骨传导助听器并不难。再者,知道这些技术原理的,未必只有柳田先生一个。海老原先生跟他一起喝酒时,说不定听他提起过。"

"我没听过!"

海老原赶忙否认,可惜没有多少说服力。我们四个相聚共饮时,阿咲和柳田常常起劲儿地谈着与研究有关的话题,海老原虽然只是随便听上几句,但也无法咬定那两人从未聊过超声波。

"按您的说法,这横竖不会是我了。什么骨传导,什么超声波,我哪儿听得懂这么深奥的东西。"

"可说句不中听的,阿咲妈妈您也不能完全排除嫌疑啊。阿咲开发的导盲眼镜正是利用了超声波原理,肯定熟悉超声波的特性,包括它和骨传导技术的关系。您保不准听她说过……"

柳田刚被海老原当成嫌疑人,这时又迟疑地发表了自己的观点。

"柳田君,你在说什么呀?"

"而且我听说,第一个把尖叫声和阿咲联系起来的人就是您。您这么跟荒垣说了,又希望举办'音乐葬',还准备了'披头士'的歌……"

"不,不是我。馅子先生,您来说句公道话。"

"嗯,光凭这些,可没法断定犯人是沙结子女士。"

馅子一句话,像是要打消大家对我岳母的怀疑。

"尖叫声一直不停的话,关系亲近的人都能联想到荒垣太太。沙结子女士恰好是第一个指出来的,又恰好有条件往'披头士'的歌里加入超声波,仅此而已。但是,白天进出会场的人可多了,全是犯人的'掩体',晚上则一个人都没有,可以避人耳目地行动。总之,想对音乐做手脚的话,机会真是多得数不清。"

"是啊!"

我岳母的语气里带上了责备之意,柳田忙不迭地低头道歉。

"那您怎么确定谁是犯人?"

我终于发问了。馅子条理清晰地说道：

"首先，这件事不是沙结子女士干的。眼镜就是证据。"

"你刚才也说了，谁都能往眼镜里藏助听器。"

面对馅子的"出尔反尔"，海老原很惊讶。

"沙结子女士当然可以准备新眼镜，但她没能耐弄坏旧眼镜。荒垣先生是走夜路时遭到了犯人袭击，眼镜也被打坏了。T县治安不好，女性晚上独自出门很不方便。此外，他第一次出现幻听时，还在院子里看到了人影。而当时也是夜间，女性不会选择那个时段外出。换言之，沙结子女士不会是犯人。"

"这是当然的，我清清白白，根本不需要查证。"

我岳母理直气壮地点了点头。

"那不就剩下我或者柳田了？可你总没法再进一步缩小范围了吧？我坚持说自己不懂骨传导原理，你不信，又没证据能确定柳田是不是清白的。要不你调查一下我们的不在场证明？就挑荒垣挨打那天和他第一次出现幻听的那天。我话先说在前头，我已经记不得那么久之前的事了，证人也难找。"

"不必那么麻烦，证据早就有了，是双梯。"

双梯？

"管理人说，从前天晚上到昨天早上这段时间里，有人潜入并偷偷使用了库房里的双梯。那么，犯人为何要将超声波发射器装在祭坛上呢？这一手很大胆，所以形成了盲点，让人不会细想。事实上，荒垣先生在走近电子遗像的过程中，幻听越来越大，犯人的计划相当成功，然而，这么做的风险并不小，很可能被人察觉到音源的位置。因此，他甘愿冒险的理由只有一个，那就是他原本选中的地点不存在。没错，他选的正是吊灯。"

馅子话音刚落，犯人便忍不住发出了悲鸣声。

"犯人起初看中了吊灯，认为那个位置很隐蔽，打算在那里安装超声波发射器。哪儿知道从库房搬出双梯，来到会场后，天花板上居然没有吊灯。可见犯人不知道葬礼上的'吊灯'不是真正的灯具，而是用布料模拟的。"

这下，所有人的视线都齐刷刷地汇聚在了一个人的身上。

馅子仍在继续：

"他或许考虑过把发射器装在'布吊灯'上，却怕固定不牢，设备意外掉下来，那就搞砸了。无奈之下，他转而瞄准了祭坛，然后将派不上用场的双梯放回了仓库。这一切都是因为他对'吊灯'有所误解。海老原先生以前是殡葬公司的，肯定知道葬礼上的规矩，在咱们布置会场时还跟荒垣先生解释呢。沙结子女士早就了解过'布吊灯'了。柳田先生，不知情的只有您一个。"

柳田的脸色比方才更为惨白。

"咱们回到最初的话题，柳田先生，犯人就是您。"

"别……别擅自断定！不是我！请大家相信我！说到底……这只是馅子先生的一面之词，是他的臆测！那个双梯可能也是管理人看错了，事实上没人动过它！"

"您能把口袋里的东西掏出来，让咱看看吗？操作助听器的遥控器就在里面吧？"

"我……我只是碰巧带着遥控器。"

"连参加葬礼都带着？"

"这是我的自由！您非说我是犯人，那就拿出能确凿的证据来啊！"

"您别挣扎了，不过咱倒是没那种证据，也没想报警抓您。从法律的角度来看，您的行为不算重罪，但您可不能再利用荒垣太太去威胁荒垣先生了呀。要是他又遇上什么怪事，您做的事就会露馅儿。这里的所有人都是证人。咱希望您可以意识到这一点。"

柳田双肩猛地颤抖了起来，我看着这样的他，终于明白了馅子的目的。

他学着推理小说的破案桥段，说了这么多话，就是为了击垮柳田的自信心。

让我们共同的熟人聚在一起聆听他的推理，也是为了凑齐见证人，防止柳田往后故技重施。

既然没有确凿的证据，他唯有这么做。

"你……胡扯！难保不是阿咲妈妈和海老原先生想把罪名扣在我头上！"

"不可能的。毕竟在场各位都接受了荒垣太太的死——除了您。"

闻言，柳田的面容都扭曲了。他明明长着一张娃娃脸，根本看不出和我同龄，此刻却像是一下子苍老了十岁。

"不是的……不是这么回事……"

"馅子先生说得没错，至少我和沙结子阿姨从没想过要假扮阿咲的幽灵。柳田，你也冷静点吧，反正没有证据……我的意思是，事情都到了这一步了，继续追究下去会对你不利……"

海老原担忧地说道。

"阿咲才没有死！她还活着！荒垣，你说是吧？"

柳田揪住了我的前襟，大喊道：

"你是不是把她关起来了？我知道的！她每晚都来我梦里，叫我去救她出来！所以我才让你听到超声波，想着你被逼急了就会坦白，说出你把阿咲关在哪儿了！我这么做都是为了阿咲！！"

没想到他竟是如此看待我的。

没想到他竟是如此看待阿咲的。

他彻底陷入了疯狂，口沫横飞地叫嚣着，猛力摇晃着我的肩膀。

高大强壮的高屋敷走了过来，大概是想把我们拉开，但我伸手制止了他，深深看向柳田充血的双目，听他继续嘶吼：

"我就不该把阿咲交给你这种人！哪怕是横刀夺爱也得把她留在我身边！那样的话，阿咲肯定会很幸福的！你快说，她到底在哪里？"

"柳田，阿咲已经死了。"

直葬时，我也说了同样的话。

阿咲已经死了。

此时我真正理解了这件事，胸中的情感远比当时来得汹涌、浓稠。
"她已经死了！不在这个世界上了！"
"你乱说……"
"你心里也很清楚，所以才这么折腾，不是吗？如果你真觉得阿咲被我关着，肯定会采取更直截了当的方法。"
"不……她还活着，会回来的……"
"她不会回来了。"
我跪倒在地，柳田也呜咽着跪了下来。
我们再也说不出别的话。

5

紫苑、馅子、新实三人连夜搭飞机回S县去了，高屋敷留下来做善后，然后踏上归途，先开货车，再换乘渡轮。对此，我也能理解。殡葬公司的业务性质特殊，随时可能出现新的委托，不能一直无人留守。

我和海老原单独去机场航站楼为紫苑三人送行。

葬礼刚结束，我岳母就发烧了，想必是积攒多日的疲劳爆发了出来。

"你俩帮我跟紫苑带个话，说抱歉没法送他们。"

她不断地嘱咐我，表情却意外地沉静平和，接着喃喃道：

"这下，我女儿是真的不会再回来了。"

她的神色依旧寂寥，却不再像之前那么憔悴。

柳田服用了医生开出的镇静剂，在我家睡下了。我和海老原准备陪他一晚上，好好照看他，等明天带他去看精神科，让他接受心理咨询。如果情况危重，或许还得考虑安排他住院。

毕竟"自杀病"正在日本蔓延。

"即使在我这种熟悉殡葬业的人眼里，这场葬礼也办得很出色。我真没想到，荒垣这种性格的人会哭得稀里哗啦的，费用又公道。你们应该不会用逝者高不高兴为由，强迫遗属们举办豪华葬礼。"

海老原自作主张跟着我，还在紫苑面前摆出了老师的架子。

"那是我们该做的。"

紫苑淡然地答道。

"是啊。"

海老原自言自语着，随后别开了视线，不再看紫苑，才往下说：

"你们公司很不错。日后生意想必会蒸蒸日上，规模也会进一步扩大。到时候人手不够的话……那什么，我也不是不能去帮个忙。"

他的脸涨得通红，不过我理解他的心情。

原来他对殡葬公司还有所留恋,所以找了各种借口,又陪我和紫苑他们商量,又跟他们一起做准备工作。

"喂,你们别误会,我只有闲得没事干的时候可以去搭把手啊!我现在是直葬公司的员工,对自己的工作还是很尊重的。"

"柳田先生擅自用了双梯,得麻烦你们替他去对公民馆的管理人赔不是了。"

"小菜一碟,交给我们……嗯?"

海老原夸下海口,还没反应过来自己接下了怎样一桩麻烦事,紫苑便面朝着我,道:

"荒垣先生,我以个人的身份感谢您将阿咲办葬礼交给我来办理,谢谢您。"

"不敢当……"

我支支吾吾的,无法直视她。

因为在她看向我的瞬间,她在我眼中又变成了阿咲。

尽管幻听消失了,幻视却尚未痊愈……果然办了葬礼也没用……

这时,馅子似乎看透了我的心事,突然开口道:

"法国哲学家笛卡尔[1]有过这样一句格言——'如果葬礼能解决

---

[1] 勒内·笛卡尔(Rene Descartes),生于1596年3月31日,逝于1650年2月11日,法国哲学家、数学家、物理学家,是西方现代哲学思想的奠基人之一、近代唯心论的开拓者,提出了"普遍怀疑"的主张,为欧洲的"理性主义"哲学奠定了基础。——译者注

所有问题,那么一年到头都该办葬礼'。"

我竟不知道笛卡尔说过这样的话,再次为自己的无知感到羞愧。

——"如果葬礼能解决所有问题……"

原来如此。

听馅子说着各种格言,新实对他投去了尊敬……不,甚至是崇拜的眼神。

这年轻人应该会以馅子为榜样,成长为一名出色的殡葬人员吧。

我也多少能明白他对馅子的憧憬之心。

我没有出声,向馅子微微行礼示意,随后重新看向紫苑那双乌黑的大眼睛,道:

"北条小姐,应该是我向您道谢。而且我也从贵公司学到了宝贵的经验,对我的工作很有帮助。"

"有助于您的工作?"

"是的。"

我立刻看向馅子,回答说:

"我始终认为,直葬比传统葬礼更合理。这份观念是不会改变的。但我会考虑该如何改进,尽量照顾到遗属们的感受。即使要牺牲一部分合理性,我也愿意。"

其实我很期待馅子会如何表态,而他只是嘟囔了一句"是吗",便转身走向了登机门。

"馅子先生怎么了?"

听我这么问，新实只是摇了摇头，道：

"平时他觉得不好意思的时候，会表现得更明显一些。这次却失败了啊。"

"啊？"

"没什么，您别介意。社长，我们也该走了。"

"嗯。荒垣先生，我们就先告辞了。"

紫苑静静地向我点了点头。

我们目送着他们进入登机门，直到再也看不见。而下一秒，海老原便发起了牢骚：

"你可真敢说。什么'为了照顾遗属的感受'，你具体打算怎么做？人们对直葬的要求就是价格低、速度快，我们哪儿还有余力提供额外服务？"

"愿意去想，总能想出来的。"

更何况，我必须想出来。

我在葬礼期间，真切地意识到阿咲已经死了。强烈的感情喷薄而出，仿佛有一股冲动涌上心头。

这份心情绝对是非常珍贵的东西。

海老原耸了耸肩，道：

"行吧，我跟你一起想。这事看着挺有意义的，只不过——我有个条件。"

"条件?"

"嗯。"海老原不情不愿地点着头说,"就当那架双梯是我们一起借用的吧!别什么都算在我一个人头上。"

殡葬公司的葬礼

1

"高屋敷先生去世了。"

今天是十二月二十日,我一早便来到公司,将噩耗告知了馅子和新实。

天空中布满了铅灰色的阴云,天气十分寒冷。

"社长您在说什么?高屋敷先生?去世了?"

"昨天深夜,警察给我打了电话,说他不幸坠入等墨川。因为河水冰冷,他几乎是当场丧命的。"

高屋敷先生喜欢观赏水景,昨天回家时也说要去看看等墨川。我提醒他小心脚滑坠河,他叫我不必担心。而仅仅十几个小时后,我们便天人永隔了。

"我去确认了遗体,很遗憾,那确实是他。"

我尽力抑制着自己的感情,故作平静地说道。

"那您怎么不联系咱?咱昨天是次要值班人员,您给个电话,咱就能立刻赶过去。"

馅子先生的语气和平时一样,但眼神似乎变得严肃了起来。

"这毕竟不是公事,我不好意思打扰您。至于警方那边,我一个人去交涉即可。"

"高屋敷先生的遗体现在在哪儿?"

新实君满脸不可置信,仿佛在说要亲眼看到才能相信。

"停在长乐山医院。那应该是一场意外,可保险起见,我还是去看了遗体。接下来由他哥哥陪着。"

"高屋敷先生有哥哥?"

"嗯。是飞叡宗的僧人,我方才和他在医院见了面。他一大早从T县坐飞机来到我们这里,然后——"

我喝了一口红茶润润嗓子,又继续道:

"那个宗派有自己的戒律,禁止举办葬礼。"

"开什么玩笑?殡葬公司不给自己的员工办葬礼?!"

"不是不给办,是不能办。既然遗属基于宗教方面的理由,表示不需要葬礼,我们也不该仗着同事身份就强行要求人家。"

"我虽然没听说过飞叡宗,可高屋敷先生是殡葬公司的一员啊!他在我们这里工作,不就说明他已经舍弃了那些教义了?"

"并没有舍弃。我觉得,他或许是一直在迷茫。"

说完,我看着馅子先生和新实君脸上惊讶的表情,讲起了四年前……不,是五年前的往事。

那一年我才二十二岁,公司的员工全辞职了,暂时无法开门承接业务，而我找来的"援军"——馅子先生当时还住在其他城市，所以整个公司上下只有我一个人，便打算先休整一段时间，积蓄力量，待日后重新出发。

我每天早上都会去河岸边慢跑。

某天，我跑着跑着，发现有一名剃着光头的男子正抱膝而坐，眺望着河水。我一边想着，这人的身材真魁梧，一边从他身边跑过，却在擦身而过时听到他的肚子发出了雷鸣般的响动。

我把从便利店里买来的饭团递给他，问他要不要吃，他立刻吃了个干净，然后将我随身带着的运动饮料一饮而尽。

那名光头男子便是高屋敷先生。

我本没打算问什么，他说要报"一餐之恩"，必须把情况解释清楚，便主动说起了自己的来历。

原来，他是飞叡宗的僧人，总本山在T县。他的宗派认为用华美的仪式送走故人——即举办葬礼是一种恶行，而他不认同这种戒律，觉得教祖单纯是在迎合直葬的风潮。为此，他烦恼了许久，结果从寺院里逃走了，流浪到了S县。

"您刚才是快累倒了吗？"

我问道。

他没有回答我的问题，只是看向河流，说：

"水能净化、涤荡万物，望着它，贫僧的烦恼与纠结也仿佛平静了下来。"

"是啊，水真的很棒。"

就这样，我们一起抱着膝盖，坐在岸边，眺望着潺潺的流水。

"对了，您愿意来我的公司吗？说不定会找到答案哦。别看我这样，其实我是一家殡葬公司的社长呢。"

"好主意。"

我随意地说了一句，完全没想到他会当即决定。

"你们记得吗，高屋敷先生经常凝望着川河湖泊对吧？那也许是因为他的内心有所迷惘。听说他从小就在飞叡宗，想来无法轻易舍弃教义。"

"但是，我们也不知道他更支持葬礼还是自己的宗派。"

"葬礼是属于遗属们的。我们什么都做不了。"

"话虽如此……"

"行了，咱们就听社长的呗。"

闻言，新实君看向了馅子先生，不解道：

"怎么连馅子先生都这么说？高屋敷先生是我们的同伴……"

"遗属拒绝办葬礼，咱们也没法子啊——至少眼下没有。"

——"眼下"。

馅子先生格外强调了"眼下"这个词，然后走向了办公室的大门。

"您要去哪里？"

"去长乐山医院。咱今天跟您请一天带薪假。"

"去那里做什么？"

"跟高屋敷的哥哥敞开聊聊，找出对高屋敷最好的解决方法。"

"我和您一起去！社长，我今天也请带薪假……"

"不批。我昨晚值班，你们这是不让我回去休息吗？"

"啊……"

"您辛苦下，再坚持一天呗，要是有委托，就找同行里的'自由人'来帮个忙。"

馅子先生说完便抬腿走了出去，我喃喃自语道：

"就算馅子先生出马，多半也无法和对方达成共识。"

新实犹犹豫豫地问道：

"难道社长您已经跟高屋敷先生的哥哥谈过了，可惜没能说服他？"

"我并未尝试说服他。我刚才讲得很清楚，葬礼是属于遗属的。"

我抬起头，微笑着看向新实。

但事实上，我担心自己的笑容是否透着不自然。

下午我去拜访了博子的新家。门口的姓名牌上写着"SAKI"的字样，是她姓氏的读音。据说那块牌子出自著名陶艺工匠之手。她和搬家前一样，依然将它挂在门口。

"紫苑，久等了……咦？开殡葬公司的居然还看这种书？"

博子刚洗完澡，一见我便惊讶地瞪圆了眼睛。

我一边回答说是有些东西想查，一边合上了手里的《法医学基础入门》。

"不得了，你还拿钢笔做笔记，写得密密麻麻，要把书页全涂黑了？"

她坐了下来，用力摇了摇头，转而问道：

"阿咲去世有三个月了吧？"

她叫佐喜博子，在服装店里当营业员，和阿咲一样是我的发小，我们三人自幼相识。

博子做事没有常性，每家店都干不满一年。不过她业务能力出色，即使我成天穿着黑西装，不精通时尚之道，也看得出她品位卓越。因此，如果在见她时打扮得太随便，我总觉得有点难为情，便放下了头发，用发蜡梳理好，甚至戴上了首饰。反而是她没多讲究，穿着睡袍似的居家服。

她三个月前去澳大利亚留学了，那时候，阿咲刚好从T县来S县出差，就租了她的公寓，租期为十天。

可在这十天里，阿咲在她的公寓里上吊自杀了。

她赶紧休学回国，还接受了警方的问询，于是她认为那套房子住不下去了，然后忙着搬家，为继续留学做准备。我俩都没什么机会见面。

今天早上我刚到公司，就接到了她的电话，非要我挤出时间去她的新家看看。但我刚到，她却说要先洗澡。估计是一直在睡觉，见我来了才起床。

"阿咲的老公原本只给她办了直葬,后来又找你补办了葬礼,是吗?真不容易啊……你还好吧?看看你这两个大黑眼圈。"

"没事,我刚值完夜班而已。"

博子一听,果然责备了我:

"你累了一整晚,干吗还特地过来一趟?"

"不说我了,我有事想问你——你相信阿咲是自杀吗?"

"不信。"

她脱口而出,接着道:

"警察肯定弄错了,阿咲才不是这么柔弱的人,也不可能在我的房间里做这种事。她又不是傻子,肯定知道这么做会给我添多大的麻烦。"

"那你想不出她有什么动机?"

"是的。我在去澳大利亚的前一天和她见了一面,之后就没遇上过了。当时她的研究进展不顺利,反复说着'紫苑很努力,我也不能输'。"

不能输?而且是不能输给我?

"而且我想不通,她为什么没留下遗书。我知道她的为人,她不会不说理由就去寻死。所以那肯定是他杀——但警察是怎么说的来着?'自杀病'?"

"嗯,这便是警方的结论。"

"自杀病"指当事人不留遗书，突然自杀的奇怪现象。S县离本州很远，此类案例极少，然而全国每年都有很多人死于这种"病"。

阿咲的死亡现场没有打斗或盗窃的痕迹，脖子上的绳痕也不是人为制造的，警方这才会以自杀结案。

再加上她没有留下遗书，自然被归为了"自杀病"。

"我真不觉得她是自杀的，不过警方都盖棺论定了，那八成就是这么回事吧，我不爽也没用……对了，你怎么突然提起她了？"

"我只是想听听你的意见……"

"如果阿咲在S县一直住下去该多好。"

博子说着说着，倒头往后靠了下去。

"博子，你怎么了？"

"她就是搬去了T县，所以染上了什么自杀病。我当年真该阻止她搬家，就算把她妈妈打一顿也要阻止。"

她的声音微微发颤，继续道：

"紫苑，我们做个约定好吗？你不希望我去揍你妈妈的话，就千万别离开S县。而我呢，虽然是个凡事只有三分钟热度的家伙，但也答应你留在S县上班，离自杀病远远的。你看，这笔交易很划算吧！"

听了她在我耳边的嘀咕，我仿佛被她的情绪感染，将心声脱口而出：

"——我自杀时，绝对会留下遗书的。"

可话一说完,我就后悔了。不出所料,博子一下子抱住了我,双手环着我的脖子,说:

"我不爱听这种玩笑!你又没打算去死,干吗说这种话!难道你存了自杀的念头?"

"没有没有……我哪儿来这种想法,你先放开我啦。"

"那就别再这么说了!一点儿都不适合你!"

"知道啦……对不起呀,博子。"

她把我抱得很紧,勒得我快喘不过气了,只好拼命挤出声来回答。

看她闹得快哭了,尽管语气轻浮,却意外有一种可爱的感觉,让我忍不住想笑。

可我的脑中突然浮现了一个问题。

——我真的不适合说这种话吗?

晚上,我留在了公司。

今夜本来轮到高屋敷先生值班,现下只能由我来替他。

傍晚时分就开始下雨,一直下到现在。冬日的雨点一滴滴地打在玻璃窗上,声声传入耳中,在我心里掀起了阵阵愁绪。

单是熬过今天,我便已竭尽了全力,此时却仍陷入了忧郁之中。

我独自待在办公室里,趴在桌上。即使开着空调,房间里暖融融的,我还是颤抖个不停。面前的杯子早就空了,虽想再喝一杯热红茶，却连重新泡的力气也没有。

若不是我邀请高屋敷先生加入公司，他或许不会去世……

我知道这种假设没有意义，但偏偏忍不住去想象。

换作馅子先生，肯定能控制好自己的感情。据说他从年轻时候起，便负责过许多政治家和黑道人士的葬礼。那些人是有身份的，万一葬礼出错，后果将十分严重。他见惯了"大场面"，饱经历练，无论遭遇什么，都能泰然处之。

我和他不一样。

我为人镇定、和气。然而，这是我为了不被人小看，才特意扮演出来的社长形象。其实我很脆弱，只是在勉强自己。

去年冬天，我们为酒铺的老主人——久石米造操办了葬礼。一开始，丧主一心想将仪式从简，不愿遵从逝者的意愿。新实君听了，没藏住自己的情绪，而坐在他身旁的我比他更惊慌，拼命维持着淡漠的样子，要不是馅子先生也在，场面恐怕就控制不住了。

今年春天，我们为一位老妇人——金堂响子操办了葬礼。那桩委托涉及奇怪的新兴宗教，还遇到了假冒的僧人。因为新实君是主要负责人，我的参与度有限，尚能抱着客观的态度，可知道逝者的真实身份之后，尽管我嘴上分析得头头是道，说看着响子女士走路的姿势，差不多就猜到真相了，实则羞愧得无地自容。

今年夏天，我们为一位小朋友——御堂润操办了葬礼。我在事后听馅子先生和新实君说了事情的经过，暗暗庆幸自己不在现场。幼子被油罐车碾成了一堆碎肉，母亲亲手将这稀碎的遗体藏了起来……光是想象就让我几乎崩溃。

今年秋天，我们为我的发小——阿咲操办了葬礼。她的死令我伤心，但我全程表现得十分平静。她的丈夫问我怎么不去当模特或演员。他说者无意，我却听者有心，顺着他的话认真思考了一番，对这条出路十分心动。

——"北条社长的言行举止虽然温和，却透着严肃感。"

周围的人总是这么评价我，但他们误会了。我渴望在待人接物时保持温和，可是我的能力不够，无法从容地处理好一切。于是，我的仓皇便被人误以为是严肃。

——"因为我热爱这份工作。"

这是我经常去其他公司帮忙的理由，而谁又知道，我之所以这么做，真正的原因是焦躁。它迫使我抓紧时间，尽可能地积攒实践经验。

我自小伪装着自己，等接手公司后，这种情况更是愈演愈烈。

我不知道什么时候会犯下大错，暴露自己苦苦隐藏的本性，有时还会为此陷入强烈的不安。

"爸爸，我不该进入殡葬行业吗？"

在童年时代，我对父亲抱着与生俱来的敬爱。看到他潇洒地穿着黑西服，为了遗属们的委托而不分昼夜地奔忙，那样子真的很帅气。就像小男孩们崇拜卡通超人一样，我崇拜着我的父亲，想成为他那样的人，并在十三岁那年拜父为师。

也是在那时候，我知道了馅子先生是一位非常优秀的殡葬人员，这令我对他的印象大为改观。我本以为，他不过是个经常来我家的熟人叔叔，总是"小苑儿、小苑儿"地叫着我，很疼爱我。

从公司的角度考虑，不宜公然让我这样一个小丫头参与工作，然而在遗属们看不到的地方，我承担了大量的幕后事务，每天一放学，就跟着父亲忙碌，给葬礼帮忙。

对此，母亲心里很别扭。我向往的"超人"是顾不上家庭、满脑子是葬礼的父亲。可母亲认为婚姻才是女性的幸福。她叮嘱我，该趁着年轻，赶紧嫁人，不然熬成了"剩女"，"挑男人"就难了。我不喜欢看她和父亲"对着干"的做派，比起她，我绝对更喜欢父亲。

直到我十八岁为止。

年满十八后，我学会了化妆，看起来有些"大人样"了，便有更多机会在外接待遗属和吊唁者。

我很开心，干劲儿十足，却遇到了一桩意外。

那天，某场葬礼结束了，我正一个人留在会场里做整理工作，隔壁会场也刚举行完一场葬礼，对方的负责人走了进来。

那是一名身材肥胖的中年男人。

他向我招呼了一声，便立即从背后抱住了我。

——"啊呀，这身材真够骚的。"

——"想赚点儿外快吗？那就跟了我吧。反正你也不是'雏儿'

殡葬公司的葬礼　253

了吧？"

——"抓钱只有趁现在哦，等老了就没人要喽！"

他喷着口臭，喋喋不休地说着。

这时，有人正往我们这里走来。那男人听到脚步声，赶紧逃跑了，没有进一步非礼我，可我既因为受到骚扰而觉得后怕，又因被人用下流的眼光看待而深感羞耻。在这两种感情的冲击之下，我一时间动弹不得。

事发当天，我便鼓起全部勇气，将这件事告诉了父亲。

他的回答只有简单的一句话。

——"殡葬业毕竟是男人的天下。既然你已经是大姑娘了，会被人视作'女性'了，往后就自己多注意点儿吧。"

之后，那个无耻的男人没再接近过我，想必是父亲去警告了，但我没法因此就感谢他。

殡葬业是男人的天下。

我父亲仿佛当它是一个常识，丝毫不予驳斥。于是，我在他身上看到了那个男人的影子。

我很快便不再协助父亲操办葬礼。父亲觉得很遗憾，看起来没精打采的，母亲倒是十分高兴。

进入殡葬行业是我自小到大的坚定理想，可我终于改变了想法，拼命自问——何必坚持干这行？和父亲也开始变得无话可说了。

五年前，出席父亲的葬礼时，我的心境又一次转变了。

自那以后，我就——

回忆暂时告一段落，我听到楼下传来了开门声，来者的脚步声里透着愉悦，应该不是来委托葬礼的。我想起了夸下海口说自己能通过脚步声认人的高屋敷先生。可即使不具备他这项本领，却也听得出对方是谁。我强忍着颤抖，抬起头来。

对方小心翼翼地敲了敲门，接着打开了办公室的大门。

"新实君，你怎么来了？这么晚了，还下雨。"

"没什么……"

新实君含糊地应着，伸手拍打着肩上的雨滴。

我原本只是因为公司人手不足，急需渡过难关，这才聘用了他，没料到他会干这么久。馅子先生说过，虽然有些意外，但新实君说不定真能坚持下去，因为他不考虑效率，非要手写指示牌，执着的人是很顽强的。仔细想想，这番评价也算是相当贴切了。

他最近似乎成熟了一些。这些话不宜对成年男子直说，然而，这是我心中的真实想法。

"社长，您今天去哪儿了？"

他问道。

他也确实变了。之前他大概顾忌我是异性，除了公事，什么都不敢问我。

"在朋友家。我对阿咲的死总有些怀疑，便找朋友问了点事情。"

"这样啊。"

他静静地点了点头,继续道:

"刚才馅子先生联系了我,说高屋敷先生的哥哥断然拒绝了我们的提议。馅子先生认为只能和飞叡宗的教祖当面谈判,便准备立刻动身去T县。"

"你特地跑这一趟,就是为了跟我汇报这件事?"

他摇摇头,答道:

"不,是因为只有现在能和您单独聊聊。"

"怎么突然这么说?在这种节骨眼儿上……该不会是要辞职吧?"

我其实很紧张,但不想被他识破,便摆出一副开玩笑的样子。而他又一次摇着头,有些难过地开了口:

"久石米造、金堂响子、御堂润、荒垣咲、高屋敷英慈这五个人都是您杀的吧?"

2

"呃……"

我哑口无言,默默地听着雨声,好半晌才说得出话。

"新实君,抱歉啊,我眼下没心思陪你说笑。"

闻言,新实那张有些中性化的脸上甚至露出了几分凌厉的神色,反驳道:

"不是说笑。就是您杀的。今早高屋敷先生的噩耗让我察觉到了这件事。他是我们重要的同伴，您却遵从飞叡宗的戒律，不给他办葬礼，这不符合您一贯的作风。我觉得很古怪，便发现了疑点。"

他将笔记本电脑的屏幕转向我，按了几下键盘。

屏幕上出现的是我们的工作排班表。

"社长，我将您的班次和高屋敷先生去世的时间做了比对，看到了好些我不想看到的东西。首先是久石米造，他死得很突然。从排班表上看，您那天值晚班，要是我没记错，您当时去医院拜访了正在住院的久石老先生，等您离开后过了几个小时，老先生便亡故了。"

"这就能证明人是我杀的？那你说，我用了什么方法？"

"您趁着老先生睡着的时候，在他的输液瓶里加了药。由于他平时便需要用各种药物来治病，您仅需挑出其中一种，让他过量摄入即可。如此一来，即使事后验尸也不怕。反正您早就多次找老先生做了葬礼的预沟通，肯定见过他用什么药。而且他住在单人病房，不会有目击者。"

"万一在验尸时查出了用药过量，医生就明白这是谋杀了。"

"败露了也没事，米造老先生住在等墨久藤医院，我听说他们隐瞒了多起医疗事故，您正是看准了这一点。他们误以为米造老先生死于自己的过失，下了'病逝'的结论，企图蒙混过关。"

输液瓶，加药，当成"病逝"处理。

他一句接一句，字字如针，狠狠扎在我的心里。我紧咬着嘴唇，绝不愿露出一丝声音。

"今年夏天，等墨久藤医院爆发丑闻，原来他们压下了整整七起医疗事故。考虑到隐私问题，报道并未公布受害人的真实姓名，只刊出了他们的年龄和病况。其中就有和米造老先生一致的案例。"

"那我可真是铤而走险了。"

"嗯，而最可怕的是，您毫不在意有人发现这是他杀，甚至庆幸自己解决了他。至于理由——也就是这一系列凶案的动机，容我稍后再说明。"

"哦。"

我摆出若无其事的样子，随口附和了一句。

"接下来是金堂响子女士。她的死亡现场并未留下争斗痕迹，家里也没有遭窃，警方判定这是一场意外事故。可他们出错了，漏了一位嫌疑人——那就是社长您。您不需要动粗，便可让响子女士从楼梯上摔下去。她的孙女瑞穗小姐来我们公司做预沟通时，您也见到响子女士了吧？预沟通登记表上写有她家的地址，而且她家周围没什么邻居，自然不存在被人目击的隐患。于是您登门拜访，与她聊得投契，得到了她的信赖，然后随便找了个借口，和她上了二楼，将她从楼梯上推了下去。如果她没有当场毙命，您也可以打死她或者刺死她，伪装成入室抢劫杀人，反正把人弄死就行，和米造老先生那时候一样。"

"新实君，瑞穗小姐是我们俩一起接待的吧？我们都有作案条件。"

"不，响子女士是四月十七日去世的，您看。"

他伸出修长的手指，指着屏幕道：

"那天我下午三点来到公司，然后直接通宵值班。瑞穗小姐在下午三点后打来了电话，那时候响子女士还活着，所以我根本没时间动手。更重要的是，您那天休息。您常说平日里工作累人，休息日会在家睡觉。换言之，您没有不在场证明。"

"听你的说法，我似乎是个孤零零的女人啊，一没恋人，二没朋友。"

我随口答道，他却没有停下来的意思：

"第三位是御堂润小朋友，他因为车祸身亡，世人出于凑热闹的心态，编出了各种'八卦'，其中有一条却是真的，那便是有人'在事故发生之前看到一名长头发、高个子的怪女人在现场出没'。"

"你的意思是，那个'怪女人'是我？"

"嗯。您虽然总是梳着盘发，但头发其实很长吧？和目击情报里说得一样呢。而您估计也不是非要杀死小润不可，只要是落单的孩子就好。我的推测是有依据的，和您的动机有关。当然，也得请您稍等，我之后统一解释。我们说回小润出事的那天——您偶然看到小润，找他搭话，和他玩在一起，随后看准他大意的时候，将皮球扔到路上。我不知道您是叫他去捡，还是直接从背后推了他一把，反正小润在油罐车驶过的当口冲了出去，丢了性命。"

"你的想象很有趣，可有一个很大的漏洞。"

说完，我站了起来，走到新实君面前，将手比在额头前，道：

"就算我留着长发又怎样？你看，我这么矮，'目击情报'里的女人可是'高个子'。"

"是错觉啊。您确实身材娇小，但好歹是成年人，外加以七岁孩子的标准来看，小润属于小个子，把您衬得高了。再者，小润是七月十三日出事的，您那天又休息，压根儿联系不上您。我记得很清楚。"

"表上写了？在哪儿？"

我没有直接回答他，却刻意拔高了声音，看向屏幕上的电子表格。七月十三日是我的休息日，而新实君从上午九点工作到下午五点。

"小润下午两点遭遇车祸，那时候我在上班，所以凶手不可能是我。"

"原来如此。那阿咲呢？她去世那天我确实和她见了面，她自缢的勒痕却不是人为伪造的。"

"您心肠再硬，想必也没法对发小下手，不过您可以间接杀死对方。我听说荒垣太太的研究工作不顺利，便以您为榜样，激励自己。但要是这个'精神支柱'倒下了，她又会如何呢？她跟您见了面，不知怎么察觉到您是杀人狂，大受打击，就仿佛被您背叛了，于是在冲动之下自杀了，连遗书都没留下一封——这完全说得通吧？"

"我不是杀人狂，所以说不通。"

"那么，您今天为什么去朋友家了？非要在高屋敷先生去世的日子里特地跑去打听荒垣太太的事？"

"这是因为……"

我说不下去了，新实君那银框眼镜后的双眼中正闪动着哀伤与怀疑的神色。我们就这样相互凝视了一会儿。

见我紧闭着嘴，他似乎不再期待我主动交代，便叹了一口气，道：

"若您说不出口，就由我来说吧。您之所以这么做，是心有不安，唯恐荒垣太太给其他朋友留下了讯息，指出您是杀人狂。"

"她已经去世三个月了，我为何拖到现在才打听？"

"因为昨晚高屋敷先生也意识到了您的真面目。他性子大大咧咧的，我猜他未必了解得很清楚，只是隐约有些感觉，而对您来说，这是要命的事，便抢先动手，以免夜长梦多。您知道他要去等墨川，那当然有可能在现场动些手脚，让他的死因看起来像是意外失足。"

确实，我知道高屋敷先生昨晚的去处。

"您没有坚持为他举办葬礼，又将与飞叡宗交涉的事交给了馅子先生，也是出于罪恶感吧？杀死共事近五年的人，肯定会受到良心的苛责啊。"

"……新实君，你的想象力真是太惊人了。光凭一份排班表，就能联想到这个地步。"

我轻轻抱着胳膊，仰头看向他，问道：

"你说说，最重要的动机呢？"

"为了——办葬礼。"

他眼中的悲伤更为深重，诉说道：

"社长，您二十二岁时女承父业，但您太年轻了，很难独自撑起一整个公司。况且殡葬行业是男人说了算，我都没法想象您经历了怎样的艰辛。"

听了他的话，当年那个无耻之徒的口臭似乎又一次钻入了我的鼻腔，我甚至无法确定此刻闻到的臭气是不是我的幻觉。我必须赶紧清醒过来，摆脱心中的阴影，于是当即反问他：

"你到底想说什么？"

"您不愿被同行轻视，便只能在工作上做出成绩。而工作上的成绩，显然要拿收益来衡量。坐等生意上门是行不通的，您不得不主动制造需求。"

"新实君，你认为我是通过杀人来增加委托，多办葬礼？"

他面无表情，脸色铁青，点头承认了。

"米造老先生和响子女士找您做过预沟通，因此非常有可能将葬礼委托给您，只是您等不及他们自然死亡。而杀死小润的目的也差不多。一旦公司大受好评，生意便会接踵而至。意外的是，小润父亲所属的党派致力于推广直葬，没有公开举行葬礼，您的美梦落空了。这些就是我的推理。"

"新实君，你真厉害。"

我松开胳膊，无力地拍了拍手。

"你展开各种想象,连动机都考虑到了,把我塑造成一个杀人狂,实在了不起。可是,你没有任何证据。"

"的确,我没有证据。"

他像是泄了气,干脆地承认了。

他大概不打算继续逼问,话锋一转,道:

"等馅子先生听了我的推理,绝对会采取行动。他那么有手腕,想必能找到证据。"

"你准备告诉馅子先生?"

"是的。他目前还信任着您,但他万一站到了您的对立面,无疑会是最棘手的敌人。我建议您趁现在去自首。我这么晚过来,就是看他去了T县,明天才回得来,到时候,我也会跟他说自己的想法,所以求您了,在那之前自首吧!"

他的语声中带着悲怆。

"你这么说,我很难做啊。"

"情况已对您如此不利,您能证明自己的清白吗?"

"我倒是没料到情况会这么糟……好吧,首先,我有不在场证明。"

"啊?"

新实的反应傻乎乎的,让人想不到他方才还滔滔不绝地阐述着自己构筑的宏大推理。

"您有不在场证明?"

"是的。新实君,你的推理,不,你的妄想纯粹是基于我的排班表,对吧?响子女士和小润确实死在我的休息日,可休息日不代表没有不在场证明啊。"

"您不是说您只会在家睡觉?"

"我才二十多岁,不可能每个休息日都这么过。"

"那您去做什么了?全都说得清楚吗?"

"可以啊——我是去相亲了。"

……

"您……"

新实死死地盯着我,恨不得用目光洞穿我。

我这辈子第一次被人这么瞪着。

"您……您是去相亲……了?这……恭喜您。"

"有什么好恭喜的?还没相出一个如意郎君来呢。"

"您……您说得对。非常抱歉。"

"没事。你的道歉只会在我失败的相亲史上多踩一脚。"

我胡说的,新实的话从头到尾也没有伤害到我。

我当年发过誓,要进入殡葬行业,继承父亲的事业和衣钵。

听到这句话,母亲笑了,然后愣了,最后哭了。

她质问我:

"你为什么要回那个行业去?你讨厌妈妈吗?"

不,这不是喜欢谁、讨厌谁的问题。

可不管我怎么解释,母亲都不相信,只是歇斯底里地叫嚷着。我每天拼命说服她，好话说尽，却没有效果。终于，我开始考虑和她断绝母女关系，她的态度又突然软化了。

她说：

"紫苑，是妈妈错了。你有自己的人生，以后就做自己想做的事吧。相应地，你一定要答应妈妈一件事。"

母亲提出的条件便是——听她的安排去相亲。

她觉得，等我结婚了，就会退出殡葬业。

我明白，我和她永远不可能相互理解，但我也明白，她是生我养我的母亲。

所以，在我有空时，会尽量去相亲，同时在心中向对方致歉。

毕竟我现在毫无恋爱的时间和心思。

"我可以联系我母亲，拜托她找到我的相亲对象以及相亲地点的工作人员，帮忙问问我的不在场证明。肯定拿得到证词。因此，哪怕响子女士和小润真的死于他杀，我也是无辜的。对了，九月六日晚上我也在相亲，不可能对阿咲动手。"

"可是……那个……"新实立刻慌了，手足无措，就像是刚进公司时那样，"啊！那米造老先生怎么说？他去世那天，您上着班呢，还去病房拜访了他。"

"没错，我和馅子先生一起去的。"

新实君下意识地张大了嘴。

"我心想着，有馅子先生这样的资深行家陪同，米造老先生肯定

殡葬公司的葬礼　265

更放心。可作为社长，我这么做很没面子，这才跟你们保密了。馅子先生能证明我没干坏事。"

"那荒垣太太和高屋敷先生也不是您……"

"当然不是。我没有杀人。你说阿咲自杀是因为觉得被我背叛了，这也是不现实的。而且我更没有理由去杀高屋敷先生。"

我微微侧了侧头，用肢体语言来询问新实听懂了没。

"对……对不起！"

新实君深深鞠躬，恨不得要直接给我跪下赔罪。

"你也别诚惶诚恐的。同事突然去世，你的判断力难免大打折扣。如果我对待高屋敷哥哥的态度再坚定一点，大概就不会害你产生这种误会了。"

"您这么说……嗯？可是——"

新实君抬起头来，脸上是藏不住的惊讶。

"可是您今天确实去了朋友家啊，为什么非要去？"

我已经做好了思想准备，但还是在一瞬间露出了软弱的神色。只不过，我要是继续逃避，新实绝对会紧追不放。

我唯有坦率地面对他。

"在我回答你的问题之前，你先告诉我一件事——你认为馅子先生是一名值得尊敬的殡葬业从业人员吗？"

"是的。"

新实斩钉截铁地答道，接着却又是"啊？"的一声，和刚才一样透着傻劲儿。

"您问这个干吗？我不明白。"

我端起空茶杯，走到杂物架前，拿出红茶包。我心跳如鼓，身体也与心脏同频颤抖。

"我并不觉得馅子先生那么可敬。"

听了我的话，新实显然不太愉快，问道：

"即使您是社长，有些话也不该说。"

"可在响子女士的葬礼中，他是到了守灵夜的前一刻才看穿了真相，对吧？假如当时和瑞穗小姐沟通的人是我，在她对棺材提出要求时，我应该就能识破她的目的。"

"您这是'马后炮'。再说了，还有小润那件事呢。馅子先生完美地指出了御堂太太藏遗体的地方。"

"我也做得到。御堂议员和殡仪馆的副岛先生是当事人，不够冷静，所以迷糊了。"

"我是旁观者，不照样迷糊着吗？"新实自嘲地嘟哝了一句，又继续道，"荒垣太太的葬礼怎么说？他揭穿了'犯人'的诡计，还指出了'犯人'的身份，拯救了荒垣先生，不是吗？"

"他又不是侦探，而是干殡葬的。有必要做到这一步吗？就算是为了我，他也用不着这样。"

"咦？"

新实君似乎压根儿没有察觉到，我对阿咲的死满怀伤感，无法原谅有人亵渎了她的葬礼，也没有余力和颜悦色地对待海老原先生的挑衅。

馅子先生看出了我的心思，差点儿替我主持葬礼。

我认真地恳求他，拜托他让我主持，说我想亲自操办阿咲的葬礼，不假借别人之手。

不过，我不必把这些都告诉新实，也不想告诉他，只解释道：

"阿咲是我的发小，我希望自己解决问题，不劳烦馅子先生。"

"既然没有证据，那只能按馅子先生的方法来处理了啊。"他似乎无法认同，却还是点了点头，又道，"但我听懂您的意思了。即使如此，我还是很尊敬馅子先生。在米造老先生的葬礼上，馅子先生看出了逝者真正的用意，对丧主作出引导。我想，这件事只有他办得到。难道您又要说自己也能做到？"

我没有立刻作答，严格说来是没法回答，专注地往茶杯里冲开水。

"社长，这下您可反驳不了了吧？"

"单论米造老先生的委托，我是没法像馅子先生那样妥善解决的。他以尽可能少的干涉，巧妙地引导了丧主，甚至有些过于巧妙，就像是在回答自己设下的问题似的，我可没他那么高明的手腕。正如你所说，米造老先生走得太突然了，之前医生还说他能再撑一阵子。这下，连医生也觉得很意外。"

"您想说什么？"

我握着茶杯，看着热气氤氲升起，缓缓地回到了自己的办公桌边。

"我刚才说过，米造老先生是去年十二月十三日去世的，那天我和馅子先生一起去病房拜访了他，沟通了葬礼的相关事宜。然后老先生表示困了，我们便告辞了。在上车前，馅子先生说想去洗手间，急匆匆地跑进了医院，过了好一会儿才回来。这一年来，我始终对这件事有些介怀。"

"……所以您到底想说什么？"

新实君加强了语气，重新问了一遍。

"多亏了你，我才能释怀。我和米造老先生谈过好几次，可以确定他藏着一些心思。馅子先生心想，如果能巧妙地引导丧主，发现逝者的真实意图，我们公司的口碑肯定会大幅上升，于是恨不得老先生早点去世，好尽快给他办葬礼。为此，他也有自己的方法。没错，往点滴里加入他平时使用的药物，即使事后被查出过量用药，等墨久藤医院也十有八九会作出'病逝'的结论，来掩盖失误。最坏的结果就是谋杀败露，但那又有什么关系？反正人死了总要举办葬礼。即是说，新实君你的推理是正确的，唯独猜错了主谋。如果早知道有这种方法，我大概也可以早些解开心结了。"

输液瓶，加药，当成"病逝"处理。

我的心脏仿佛再次被针尖儿刺痛了。

"馅子先生的计划成真了。米造老先生的葬礼结束后，丧主诚恳地对我们表示了感谢，公司的美名果真不胫而走。拜此所赐，我们接到了许多委托。"

我一边说着，一边感到心跳过速，几欲窒息。

"所以我才问您，您究竟想说什么。"

"新实君，我是在回答你方才的问题啊。高屋敷先生去世了，我却注意到了一些不该意识到的疑点，心里产生了一些不该有的疑问，不能确定他坠河到底是不是意外。今天我特地去了朋友家，就是为了调查他的死因。我担心——他有可能是被馅子先生推下河去的。因此，我坐立不安。万一我猜中了，那阿咲或许同样是因为某些理由而遭到了馅子先生的毒手。这下子，没有遗书也说得通了。可是听朋友的说法，阿咲无疑是自杀的，我便松了一口气。我知道自己不该这么说，我也知道馅子先生不会杀死阿咲，但我是真的觉得庆幸。毕竟我之前一直很惊恐。想来，高屋敷先生也是单纯失足了吧。不然，馅子先生何苦费力去T县。"

"社长，您要告诉我什么……"

"你已经听出来了吧？"

我端起茶杯，喝了一口红茶，终于说出了最关键的一句话：

"馅子先生杀了久石米造老先生。"

3

我站在洗手间的化妆镜前，试图平复自己的心绪，不知不觉就站了许久。等我回到办公室，发现新实君正坐在他的工位上，呆呆地望着天花板。

"你没事吧?"

我问道。他却浑身一激灵,转头看向我,问道:

"证据……"

"嗯?"

"证据……对啊,我需要证据!证据!而您没有证据!"

他像机枪似的,喷出了一连串"证据"。

"社长,您的推理全是妄想!您说馅子先生杀了米造老先生,但证据在哪儿?"

"你在'揭发'我的时候,不也没有证据吗?"

听我这么说,他似乎噎住了,不过下一秒,他便反击道:

"这件事是我不好,我也跟您道过歉了,可这并不代表您可以随意污蔑馅子先生。"

"是啊。"

我颔首,然后坐了下来,继续道:

"然而,我有不少状况证据[1]。他借口上洗手间,跑到了医院里,过了二十多分钟都没回来。还有,他引导丧主领会逝者的用意时,手段实在过于巧妙了。此外,有一件事我一直瞒着你,其实是馅子先生不让你负责米造老先生的葬礼的。他说你经验不够,不能把这

---

[1] 状况证据指只能间接证明犯罪事实的证据,例如口头证据、存在作案动机、环境证据等。——译者注

么重的担子扔给你,不如由他来干,我就按他的建议办了。这事说蹊跷,也确实蹊跷。不过,当了负责人,即可轻易引导丧主了。"

"别乱说。状况证据多又如何,到底不能当成证据。光凭这点就怀疑馅子先生,实在是太冒犯人了。"

"新实君,你真的很喜欢他啊。"

"是啊,我很喜欢他,很尊敬他,这有什么不对的?不论您怎么评价他,他都是最出色的殡葬人员。他头脑机敏,人生经验丰富,抵得过一百个我或您。哪怕他真的杀人了,也绝不会留下证据。疑心是没用的!"

他甚至挥起拳头,用力砸向桌面,发出"砰"的巨响,遮盖了嘈杂的雨声。

见他大口喘着气,双肩剧烈颤抖,我尽可能放冷了声音,说道:

"我确实在怀疑他,但你以为我一点儿都不难过、一点儿都不在乎吗?"

"……不。"

他深深地叹着气,继续道:

"对不起,我没有考虑到你的感受。"

"你能冷静下来就好。我们来一场'头脑风暴'吧。"

"头脑风暴?"

"嗯,重新梳理所有的事件和情报,说不定会有所发现。到时候,便能判断馅子先生到底是不是凶手。"

"……对了，我想起来一件事。"

"什么？"

"他对我说过，我早晚会超过他。还说只要有个好机会，我就能成长得很出色……好，我们开始吧。"

新实君仿佛下定了决心，直视着我。我迎着他的视线，又啜了一口红茶，只觉喉中干涩。

"报道称，米造老先生死于医疗事故。但实际上，这或许是一桩谋杀。杀人的手法与你的推理一致，而有条件犯案的不止馅子先生一个。等墨久藤医院的安保工作并不森严，任谁都能随意出入。凡是往米造老先生的病床边'路过'几次，基本就记得住他平日里用什么药了。等确认他睡着后，便可往输液瓶中下药。所以除了我和馅子先生，所有与米造老先生有关的人统统有作案嫌疑。你当然也不例外。"

"您这是在报复我吗？"

新实君挤出了一个生硬的苦笑，看向了笔记本电脑的屏幕，自答道：

"也是啊。我还真有下手的机会。只是从排班表上看，我那天下午三点准时来到公司上班，请您将我从嫌疑人的名单上剔除吧。"

"很遗憾，我办不到哦。"

我故作夸张地叫了起来。

"新实君，你同样具备杀死响子女士的条件。光看现场情况，你身上的嫌疑可大了。"

"……求您饶了我,我都跟您赔礼道歉了,而且响子女士去世时,我有不在场证明啊,刚才不是确认过了吗?"

"是吗?真可惜。"

我故作感到滑稽的表情,随后再次喝着红茶,并露出了一个我自认为可爱的笑容,道:

"那你怎么知道,'以七岁孩子的标准来看,小润属于小个子'?"

我出其不意,新实君则满脸不解,不答反问:

"您为什么突然问这个?"

"你在推理小润的车祸时,说他也是小个子,而我是个成年人,于是被他'衬托'成了高个子。你从哪儿知道这条信息的?"

"这……我是从新闻节目里看到的……"

"新闻没有报道过这个细节,因为死者是小孩子,死状又非常凄惨,媒体相当谨慎,隐瞒了诸多信息。"

闻言,新实闭上了嘴。

"副岛先生是殡仪馆的员工,可能从小润的父母手中拿到过照片,知道小润的体型也不奇怪。你却不一样。我听了馅子先生的汇报,得知你们只是简单接触了御堂夫妇,况且与他们商量葬礼事宜的人以及实际操办的人都不是你,你按说没机会看到小润的照片。再说了,小润的遗体支离破碎,仅有头部是完好的,你到底怎么知道他个子小?"

没错，他不可能知道，除非他见过生前的小润。

"新实君，被人目击到的'高个子女人'其实是你。你五官秀气，长相本就偏中性化，只要化个妆，再戴上长长的假发，乍看之下完全是一名女性。"

"小润是下午两点出车祸的，那一天我从上午九点工作到下午五点。"

"杀了阿咲的也是你。"

我无视了他的辩解。或许是喉咙太干燥了，我听到自己的声音十分嘶哑，便咽了一口口水，自顾自地说了下去：

"九月六日那天，你看到我和阿咲见面。等我们分开后，你跟在她后面，然后把我的名字搬了出来，进了她的家门，趁她不备，勒死了她。"

"警方不是说她的脖子上只有上吊的绳痕吗？"

"双方身高差距足够大的话，也不是不能伪造这种痕迹呢。比如凶手是高个子，被害人是小个子，那凶手只需用绳子勾住被害人的脖子，与被害人背靠背，狠狠往下拽绳子，即可留下与上吊相同的痕迹。这本书上就有案例记载。"

我指着放在桌上的《法医学基础入门》。

"阿咲和我差不多高，你却比我们高很多。当然，身高不是唯一条件。若单靠这种手段，成功犯罪的可能性在现实中几乎为零。我不知道你为何要将她的死亡伪装成自杀，是因为她没有留下遗书吗？

不过，你也不怕事情败露。理由与你指认我的依据相同——你想办葬礼。"

"荒垣太太住在T县，死后会被送去直葬，办不成葬礼啊。"

"但你当初只是跟踪她，不可能知道这么多。再加上她暂住在朋友佐喜博子家，门牌上写着博子的姓氏'SAKI'，而'咲'的读音也是'SAKI'，你偷听到了我对她的称呼，两者对上了，你便误以为那是她的家。"

"社长，您的想象力也不得了。"

新实君惊讶到了极点，耸耸肩，重新看向了笔记本电脑屏幕，指着排班表说：

"和小润出事时一样，荒垣太太去世那天，我……"

"你那天是真的抽不出时间？"

我打开抽屉，拿出某样东西。

如果我能潇洒地将它亮出来，大概就有大侦探的风范了吧？然而，我越是心惊肉跳，双手便越是使不上力。

"新实君，根据这份排班表，米造老先生死亡那天，你正好休息；响子女士死亡那天，你是傍晚六点才来值晚班的；小润死亡那天，你是下午三点半到岗的；阿咲死亡那天，你下午五点下班，总之，你根本没有不在场证明。"

新实君的脸上不再有一丝感情。

"我来说明一下——平日里，你负责我们公司的所有IT业务，可以自由篡改电子表格。因此，我想出来的对策便是赶在你今早来公司之前，将这份原始的排班表打印出来。这里只有高屋敷先生有可能指出时间上的纰漏，既然他去世了，你仅需对表格做最低限度的修改，不会多花工夫。这就给了我留下证据的机会。"

我停顿了一下，然后强忍着喉头的不适，哑着嗓子挤出了一句话：

"新实君，是你杀死了米造老先生、响子女士、小润以及阿咲。"

新实君慢吞吞地站了起来，而我却……

"怎么回事……身子好沉啊……"

"太好了，药起效了。"

"药？"

话还没说完，我便趴倒在了桌子上，只能听着新实君一步步走近我。

"社长，您从刚才起，就觉得身体不舒服了吧？像是喉咙特别干之类的。"

"你……干了什么……"

"趁着您去洗手间的工夫，我在您的红茶里加了点儿麻醉剂。不过您放心，它药性不强。"

脚步声在我面前停住了。我还来不及尖叫，他就抓住了我的发髻，将我一把从椅子上拖了下来，重重摔在地上。尽管办公室开着暖气空调，地面仍冷得如同冰面一般。

我不安地转动着脑袋，却看到两道冷酷的视线从高处俯视着我。

"新……新实……"

在我叫出"新实君"之前，他的右腿便高高地向后抬起，接着势大力沉地踢了下来，脚尖直冲着我的面部。

我屏住呼吸，条件反射般地闭上了眼睛。

我仿佛听到自己的鼻梁骨发出了可怕的碎裂声，随之而来的是火烧火燎般的剧痛，可过了许久，我都没有受到猛烈的冲击。我战战兢兢地睁开眼睛，生怕他会在我看向他的同时一边嘲笑我，一边朝我来上一脚。

然而，他的脚尖停在我的面前，距离我不过几毫米。

"您贬低馅子先生，说他是杀人狂，其实是想让我放松警惕吧？可即使是撒谎，我也不能容忍您挑剔他的工作。他总是思考着如何将葬礼办得让遗属们最为满意，每次都以最妥善的方法与人沟通，所以遗属们对我们公司交口称赞。您在《每日经济·女性版》的采访中自称一直在琢磨提升葬礼质量，结果却净知道挑刺儿。我本想对着您的脸狠狠踢上几脚，不过现在这样就行了。反正我得让您看起来像是自杀身亡的，不能让您受伤。"

他将右脚收了回来，稳稳地踩在地面上，摘下眼镜，收进外套的表袋中。

"您也不愿在我这种人面前露怯吧？但眼下我没戴眼镜，您尽管害怕好了，我压根儿看不清您的脸。"

他眯起眼睛，皱起眉头。视力不佳的人努力看东西时，自然会是这副模样。

然而，他眉间的褶皱就宛如一道道裂痕，出现在了他的人格上。

与戴不戴眼镜无关，而是他整个人都似乎变了，不再是素日里的"新实直也"。

"我之所以说您是凶手，就是为了等您给自己辩白，好套出您的不在场证明。考虑到万不得已时，我得将全部的罪责推在您身上，于是每次均按照您的排班表来行动。我也想过您在休息日里未必只会在家睡大觉，可谁能料到您是去相亲了。真遗憾啊，亏我在对小润动手时，特地戴上假发，装成留着黑色长发的女人。"

尽管他的表情不同于往日，说话的语气却没有改变。

他从口袋中掏出手套，戴在手上，继续道：

"保险起见，我还修改了排班表，心想着没人能记得几个月前的班次。幸运的是，每次案发的日子也没有出现让人印象深刻的委托。而且大家把管理排班的工作全权交付给我，连随行记事本都不用。要是我在电子表格上做一丁点儿手脚，想必不会被人发现。您的推理真精彩，可惜到头来只是自掘坟墓罢了。"

他回到自己的办公桌前，拉开抽屉，同样拿出了某样东西。

"社长，倘若您能干脆地去死，那么在我心里，您便是仅次于馅子先生的殡葬业界楷模，我会深深地尊敬您、铭记您。"

殡葬公司的葬礼

他再次走到我身边,双手握着一根粗糙的绳子。

我边爬边逃,却被他抓住了头发。

"怎么还逃跑呢?您这种态度一点儿都不可敬呀。请别再让我失望了。反正以您目前的状态,想跑也跑不了。"

他的手指摸上了我的脖颈。我料到他有此举,姑且还能抑制住内心的恐惧,但下一刻,他便开口道:

"这么细的脖子,五秒就能勒死了。"

他的声音和语调是那么平静,犹如在对遗属讲述葬礼流程,我却感到凉意陡然升起,蔓延全身。

"我今晚就是为了杀您才来公司的。其实我没打算连续两天杀人,可谁让您对飞叡宗低头,不给高屋敷先生举办葬礼呢?责任完全在您头上啊。"

"高屋敷先生果然也是你……为什么?你为什么这么渴望葬礼?"

"我奶奶去世后,我选了直葬。说起来,我是准备以自己的方式好好吊唁她老人家的,然而和那些办了葬礼的遗属相比,我总觉得自己'有所欠缺'。"

是的,我记得他数次提起过这件事,并说这是他在我们这行做下去的理由,还说多经历几场葬礼的话,说不定就能明白自己到底"缺了什么"。

而他此刻居然露出了淡淡的苦笑,说道:

"社长，您是无法理解我的。人总有一死，即使不刻意营销，委托迟早会一件件上门。太忙碌的时候，我反而希望减少工作。我方才确实说，您想办葬礼，于是杀了人。可您是不是被这套说法带偏了？那单纯是我顺口编出来的动机而已。"

"那你是图什么？为什么杀人？"

新实君没有回答，默默地将绳子绕在了我的脖子上，扎人的触感刺激着我的皮肤。

"麻醉剂的效果仅能持续几分钟，我得在您恢复体力之前将您吊死，省得您反抗。方法嘛，就和我杀死荒垣太太时一样。"

"解剖……会查出药物成分的……"

"没事，我只放了一点点。更何况S县的警察根本不解剖自杀的人。"

"我不会……让你如愿！警察不会认为我是自杀的！因为我没有写遗书！你觉得我为什么要在白天去朋友家？"

我拼上性命，叫出了声，新实君的手停了下来。我继续说：

"我是为了保护自己。我对朋友说，如果我自杀了，肯定会留下遗书的，以免遇害却被人误以为是自杀。你在办公软件上写遗书也没用，没人会信的，首先就过不了馅子先生那关。怎么样？即使如此，你依然打算杀我吗？"

我憋着一股劲儿，一口气说个不停，可话到一半就没了力气，连呼吸都紊乱了起来。

殡葬公司的葬礼

新实君则百无聊赖地叹了一口气，问道：

"这就是您去朋友家的目的？我一早便想好了要把罪行都推到您头上，因此这一年半以来，我一直在观察您的言行举止。馅子先生还老是拿这件事来拿我寻开心，真受不了。事实上，我对您没有半分男女之情，您也不是我喜欢的类型……难不成您以为我对您抱有好感？社长啊，您每次故作成熟来对待我时，心里其实很没底儿吧？"

"……我听不懂你在说什么。"

"您不回答也没关系。我都准备得这么仔细了，总不可能没考虑到遗书的问题吧？"

说着，他将右手伸到了我眼前，展示着手指上的茧子。

"我一个人值班期间，总在模仿您的字迹。您对学习很上心，在葬礼和花道的相关书籍上写满了笔记，给了我充足的范本。给您看看我勤练的成果吧。"

他从内侧袋中取出一张纸片，上面写着：

我杀了久石米造、金堂响子、御堂润。荒垣咲在得知此事后自杀了，而高屋敷英慈察觉到了荒垣咲自杀的真相，也被我杀害了。我希望多多操办葬礼，因此对这么多人下了手。

我看到了自己的字迹。不仅一笔一画均模仿得惟妙惟肖，连每一行字会渐渐往右上偏的特点也未被漏下。我明知这是新实君的手笔，却仍忍不住怀疑，莫非这真的是我写的？

"如何？临摹得不错吧？而且我是正儿八经地用钢笔写的哦。"

"新实君……你有钢笔？"

我只见过他用圆珠笔。

"对啊，和您那支基本上一样，不过我平时都收在抽屉深处。您不是常拿钢笔写字吗？留遗书的话，估计也会用它吧？我特地买了同款，但钢笔的书写技巧很特殊，只有用惯了的人才能运笔自如。于是我拼命练习，练得手指都快出血了，直到彻底'复制'您的字迹。当然，我绝不能被别人察觉到异样，便以写告示板为借口，隐瞒了真正的意图。这样一来，即使手上磨出了茧，我也可以推说是为了工作而练字。"

原来，他主动要求手写告示板，并非出于真诚和热情。

我好想用尽全身的力气，往他脸上狠狠揍一拳。

"唉，这份遗书终究还是用不上了。我得重写一份了，写清楚您是因为杀了米造先生和高屋敷先生，无法承受罪恶感的折磨，最后决定自杀。话说，在我杀死米造先生那天，您真的和馅子先生待在一起还是撒了个谎，想骗我认罪？罢了，事实不重要。我会写周全的。有您'亲笔'的遗书，有上吊时特有的绳痕，无疑是典型的自杀，对吧？简直完美。"

"新实……你……你……"

"哎哟，语气都变凶了，您应该特别懊恼吧？不用担心，我看不清您的脸。"

新实依然皱着眉,脸上却露出了安心的笑容,接着道:

"我和馅子先生会为您举办一场非常精彩的葬礼。所以您就放心去死吧。馅子先生是全世界最出色的殡葬人员。由他经手的葬礼应该会很棒哦。可惜您看不到了。"

"新实,谢谢你的赞美咧。"

门外响起了不怎么正宗的关西话。

原本还喋喋不休的新实君一下子浑身僵硬。

办公室的大门被慢慢打开了。

"你这么夸咱,咱都要害臊了。"

馅子先生悠然一笑。

4

"我还以为您会再早些过来呢。"

我扯开了缠在脖子上的绳子,站了起来。

"您就饶了咱吧,咱拼了命动脑子,才把各种想法整理清楚。"

"我差点儿往新实君的脸上揍一拳呢。"

是的,从洗手间回来后,我仅仅是将茶杯贴在嘴上,并未喝下红茶。此时,我没有服下麻醉剂的事实暴露了,却仍尽力忍耐着怒意。

新实君一言不发,眉间的褶痕更深了,紧盯着馅子先生。馅子

先生则直面着他的视线,双手向上一摊,做出了一个滑稽的动作,解释道:

"咱没去T县,一直躲在楼下的接待室里。要是咱不在这儿,你肯定会瞅准机会,采取行动。咱和社长商量好了,办公室里藏着摄像头和窃听器,咱负责盯着。所以你趁着社长去洗手间的时候,往她的茶杯里下药什么的,咱都看在眼里呢。可咱们虽然对你设了计,却没料到你真的打算要社长的命。高屋敷的耳朵确实灵啊——哦,忘了说了,高屋敷还活着。他掉河里了不假,只是他奇迹般地活下来了。现在躺在医院里。昨天深夜,他把咱和社长叫出去了,说是你推他下去的。他没看到你本人,然而听到了脚步声,他可以肯定,那绝对是你。"

高屋敷先生说过,他分辨得出别人的脚步声,但无论他如何据理力争,我和馅子先生一时间也不敢相信。毕竟新实君没有动机。我姑且安抚了他几句,他几乎是赌气般地说道:

"新实那家伙是一心想操办葬礼吧?"

馅子先生闻言,小声嘀咕了起来:

"这么说来,但凡不是病故的逝者需要办葬礼,新实都会主动请缨咧。"

之后,我和馅子先生回到公司展开了调查,将新实君的排班表、他希望负责的葬礼以及非自然死亡的逝者名单做了比对,脑中浮现了一套假说。

馅子先生做了一个计划,以验证假说的真伪。

"原来是这么回事。"

听完我的说明,新实君总算点了点头,似乎是认可了现状。

"我还觉得奇怪呢,社长您可没有这么好的手段,原来都是馅子先生策划的。"

尽管我心里不爽,但他说的终归是事实。我仅仅是照着馅子先生的吩咐办事。

馅子先生料中了,当我从新实君口中听到"输液瓶、加药、当成'病逝'处理"这些词汇时,我的胸中犹如针扎一般,紧张得差点叫出声来。为了惹怒他,我指出馅子先生才是凶手,暗中担忧自己演得是不是到位。在我假装喝下掺了麻醉剂的红茶后,还生怕骗不过他,这份压力让我的喉咙干涸不已。

我是按自己的想法跑去博子家的,心中怀着一丝近乎祈求的感情,只想找到证据,证明新实君的清白。至于我刚才交代的理由——"去叮嘱朋友,我自杀绝对会留下遗书",不过是我补编的。

然后,我依旧不愿相信新实君是连环杀人狂,反复翻阅着问馅子先生借来的《法医学基础入门》,但没什么用。

"社长去洗手间后,过了很久才回来,想必是在听馅子先生讲述接下来该怎么做——而您仅仅是照办,对吗?您总装出一副和气圆滑、热爱工作的模样,实际上早就精疲力竭了吧?哪儿来精力琢磨怎么对付我。我越是观察您,便越为您的无能而担忧,于是我必须打起精神，提升自己的工作能力。结果，我不像过去那样常挨您训了。这都多亏您太靠不住了，我简直看不下去，不得不好好表现……不好意思，这种说法可能会让您不快。"

他看穿了我的本质，我羞愧得浑身发烫。

"荒垣太太好像也注意到了您的脆弱，我对她说，'我们社长太拼了，心理上出现了问题，希望跟您商量商量'，她就立刻让我进了家门。或许正因为她了解您的本性，所以知道您走到现在这一步有多不容易，这才会被您的努力所激励。"

竟连阿咲都察觉到了我的疲惫和勉强——而指出这一点的还是新实君——但我必须伪装自己——否则我怎么继续在这个行业里生存下去……

我的脑中一时间充斥着各种想法。

"倒是馅子先生……您真的太厉害了。"

新实君看向馅子先生，双目中饱含羡慕之情，接着道：

"您的方法是如此灵活、巧妙，通过社长将我逼入绝境。这只有洞察力和想象力卓群的人方能办到。而且您熟练地运用着出众的才能，因此总是能得到遗属们的感谢，不愧是殡葬人员的翘楚。"

"哎哟，大概吧。可只怪咱满脑子葬礼，都跟你做了一年半的同事了，也没意识到你是个杀人狂。"

"这是因为我瞒得牢啊，不是您的问题。"

馅子先生将手揣在口袋里，一步步走近了新实君。新实君也缓缓地挪动着脚步，想和馅子先生保持一定距离，然而下一刻，他还是被逼到了窗边。

馅子先生开口问道：

"咱只有一点弄不明白——你为啥杀这么多人？纯粹是急着操办葬礼？咱实在想不到别的原因了。"

新实君摇摇头，回答说：

"我就猜您不明白这件事。其实是我的心态问题，我只是想求一个'安心'。我给去世的奶奶办了直葬，但我和那些用葬礼送走逝者的遗属之间存在着决定性的不同。我少了'某些东西'。一开始，我仅仅想弄清那到底是什么，所以以自己的方式竭尽全力操办每一场葬礼。其间经历过失败，挨过骂，却能感受到这份工作的价值。然而，我参与的葬礼越多，心里便越发不安。我明明深深地爱着我的奶奶，明明在她去世后哭得肝肠寸断，而有些遗属不怎么重视逝者，对葬礼的态度也相当敷衍，可他们身上依然有着我所不具备的东西。就这样，我心想着，难道我办再多的葬礼，也无法得知自己究竟欠缺了什么吗？每逢葬礼，这种不安即在我心中抬头，成了我的心魔。结果，我对别人珍爱的人下了手。看到那些遗属们失去了珍视的对象，我总算感到'安心'了。太好了，我和他们是一样的，我看着深爱的奶奶被直葬时，也打心底里感到悲伤，就这样，我肯定能找到自己所欠缺的东西。奶奶，您再等等我……只是，我虽然可以暂时摆脱'不安'，'安心'的状态却并不长久。在葬礼期间，我还是渐渐被'不安'吞噬。因此，我又杀了'受到珍爱的人'。一年来，我重复着'杀人、安心、不安、再杀人'的过程。说实话，我无数次地想过，要是自己出生在S县该多好啊。那样的话，当初就能给奶奶举办葬礼了。"

新实顿了一顿，又像体育评论家点评选手们的表现时那样，客观地表述着自己的想法：

"米造老先生顽固又别扭，但他的酿酒技术备受尊敬；响子女士是瑞穗小姐敬爱的奶奶。况且这两位老人与我们做预沟通时，一位是亲自来谈的，一位是孙女来谈的，他们若是死了，极有可能让我们操办葬礼，我自然会把他们当作目标。当然了，我们未必每次都能接到遗属的委托。比如深受父母疼爱的小润。只怪他父亲是议员，所属的政党主张推进直葬。好在我考虑到了这件事，故意把钥匙落在等墨家庭殡仪馆，大半夜找上门。结果馅子先生说我不是小润葬礼的负责人，可以回家了，我虽感到失望，但看到御堂太太那晚的样子，我再一次安下了心。至于荒垣太太——如今回想，她的葬礼可谓是一个'转折点'。"

说到这里，他耸耸肩，才往下道：

"因为社长是我身边的熟人，要是可以看到社长在朋友的葬礼上露出痛惜的表情，我不仅会觉得'安心'，或许还能清晰地感受到她与我之间的不同。事与愿违的是，荒垣太太竟住在T县。尽管在几个月后，我们意外接到了她丈夫的委托，为她补办葬礼，只是社长故作坚强，掩藏了自己的真实感受，而馅子先生对直葬的态度又摇摆不定的。"

"咱摇摆不定了？"

"是啊，小润遗体失踪那晚，您就说过，对御堂议员而言，还是直葬更好吧。荒垣先生说要想办法改进直葬服务，照顾到遗属们的感受时，您倒是背对着他，看着不像是害羞，反而是心情恶劣似的。包括在回程的飞机上，您始终没说话。我非常尊敬您，可这下我意识到，原来连您对直葬的看法都不怎么坚定……于是，我也总算醒悟过来了。"

"咱心里可是很坚定的……"

馅子先生自言自语道，不过新实君似乎没听见，仍在倾诉着：

"在我小时候，直葬早就普及了，这种丧葬模式可以说根植于我的脑海中。对我这样的人而言，如果不下狠心，做得彻底一些，便不可能找到自己究竟'缺了什么'。即使我继续操办葬礼，也不会有结果；而且，随着我的经验增加，我心中的'不安'却迅速扩大了。我实在没有妙招，思来想去，决心杀死高屋敷先生。我每天都和他见面，和他一起工作，非常重视他。假如可以给重要的人举办葬礼，我绝对能看清自己欠缺的东西。尽管对不住高屋敷先生，不过这是我的真心话。"

新实君大幅度地摇着头，像是打心眼儿里愧对高屋敷先生。

我很害怕。

"社长,您竟说不给高屋敷先生办葬礼,我真是服了。如此一来,我只好改变策略,杀了您。反正嫁祸的准备工作全做好了,外加一起工作这么久,您也逐渐在我心里有了分量。比起高屋敷先生,我觉得还是给您办葬礼更具有吸引力。"

"妈呀,你小子……"

馅子先生夸张地抬起了头,接着道:

"你听听你这话说的,你果然喜欢咱家社长啊!真是个脸皮薄的!"

新实君望向了我,我们四目交汇。

他的眉头舒展了开来,我瞬间觉得平日里的新实君回来了。

但这种状态转瞬即逝。

"不,就算是为了奶奶,我也要尽快找出自己的欠缺之处。"

他耸耸肩,眉头皱得比方才更用力了,显眼而深刻的褶痕透着一股冷意。

还是说,他刚才那副平和的模样仅仅是我的幻觉?是我太希望他恢复常态,将想象误当作是现实?

对了,馅子先生看到了吗?

我用眼神询问着馅子先生,然而他看也没看我一眼。

"新实呀,这就是你的答案吗?"

他静静地问道,同时迈开步子,一步步走近了靠在窗边的新实君。

"那你终归还是没能超越咱呢。说起来,你很好奇咱嘴里的格言都是谁说的吧？作为饯别的礼物，咱也把事实告你——你猜对了，那些话确实不是哲学家们留下的，咱只是想充充门面，便撒了点儿小谎。"

等等，你不是说，那是你小时候从书上看来的吗？大骗子！

这件事让我深受打击，我说不出话，新实君却失笑了，反问道：

"事到如今，还提这个做什么？唉，那些'格言'果真是您原创的啊。我很高兴您能承认，这下，我越发尊敬您了。"

"不不不，不是咱原创的，是从矢萩那里'借'来的。"

馅子先生一字一句，咬字清晰，像是要让我们都听得真切，脸上的表情也变了。

他的眼睛眯得更细了，仿佛两条薄而锐利的刀刃，暗藏着凶残与暴力。光是被那双眼睛看着，内心好像就会被割成碎片。

"矢萩是谁？"

新实君问道。

闻言，馅子先生不再操着那口奇怪的关西腔，用标准的日语低声说了起来：

"他叫矢萩骏辅，和你一样在直葬风行的社会环境里长大，为了寻找自己欠缺的东西而坚持在殡葬公司工作，甚至出于这个理由不停杀人。他是我的挚友，却也是最恶劣的杀人狂。"

至此，馅子先生的嘴巴抿成了一条线。

新实君一言不发。

我亦保持着沉默。

挚友是杀人狂。

馅子先生竟有这样的经历。

办公室里一片沉默，连空气都似乎带上了切实的重量，唯有雨声愈发激烈，就像是馅子先生真的在用视线割开新实君的身体，连下雨的声音也为之一变，成了刺耳的切割声。

钟表上的指针兀自转动了许久，新实君这才勉强出声道：

"那位矢萩先生……现在在哪里做什么？"

"死了。"

馅子先生当即厉声答道。

"还是跟你一样，被我识破了罪行。可接着，他就从办公楼上跳下去了。"

"他欠缺的东西是什么？"

"他没找到。"

沉默再次降临，雨下得更大了，声音激越。

"……是吗？"

新实君语带叹息，之后又道：

"他能说出这样的名言警句，应该是个了不起的人吧，可他也找不到自己欠缺的东西，那我从一开始就没指望了。"

我分辨不出他是不是把话都说完了，只见他背过身去，打开窗户，抬脚踏在了窗框上，看向寒风凛冽、雨点飘摇的上空。

他想要往下跳。

在我意识到这一点时，突然想起了一大群人——馅子先生、高屋敷先生、米造老先生、雄二郎先生、贤一郎先生、响子女士、瑞穗小姐、近松兄妹、御堂夫妇、小润、阿咲、荒垣先生、阿咲妈妈、我妈妈，还有与我日常往来、相互照料的许许多多人，还有直到昨天为止的新实君，还有去世多年的父亲。

我的脑中如同爆炸了一般。

我抢在馅子先生之前走向新实君，说道：

"新实君，请你接受法律的审判，服从死刑。"

我的音色如蚕丝，强韧柔软，余音似纺线，延绵不绝，连我都无法相信这是我自己的声音。

新实君保持着先前的姿势，单脚踏在窗框上，一动不动。

接着，他便像是被丝线所牵引般缓缓回过头来，瞪大双眼，打量着我，眉头紧锁。

眉间出现的只是褶痕，而不是裂痕。

"社长，您在说什么？我这就要……"

"有飞碟。"

情况危急，实在不适合说这种话，可馅子先生的声音很平静，反而像是起到了调节效果。

我条件反射般地朝着他手指的方向看去，窗外却只有烟雨笼罩的等墨市夜景,四处都不存在不明飞行物。

一声惨叫把我的思绪拉了回来。

在新实君跃下的那一刹那,馅子先生探出窗口,伸手抓住了他的胳膊,然后将他拖回了办公室。

"新实,去警察局吧。"

5

几个小时前,我们把新实君送去了警局,然后趁着媒体尚未蜂拥而至,急忙赶往医院探望高屋敷先生,并将办公室里的交锋说给他听。

高屋敷先生靠在病床上,视线仿佛钉死在了窗外,用光洁的后脑勺对着我。

他开口说:

"多亏了念珠啊。我被新实君推下河时,手里正好抓着一串念珠,便急忙伸手,用它勾住了一根树枝。念珠没坚持多久就断了,不过我好歹爬到了陆地上……那是我哥哥送给我的东西,象征着我和飞叡宗的渊源……即使我离开了寺院,飞叡宗还是庇佑了我……"

"您想回寺里修行的话,便请回吧,不必顾忌什么。"

我劝道。

他回过头来,表情如孩童般安心、坦然。

"通过在殡葬公司工作，我认识到，葬礼果然是必需的。接下来，我打算从内部开始改变飞叡宗。感谢您这五年来的关照。"

找到了目标后，他看起来耀眼无比。他说会再在S县逗留一阵子，其间将继续在公司帮忙，但我坚决拒绝，建议他出院后就回寺里去，然后便离开了病房。

之后又过了好些日子。

北条殡葬公司一直处于休业状态，仿佛一夜回到了五年前，可又与那时的状况不同。

我公司的员工杀了人，而后，我们又为他举办了葬礼。

丑闻漫天乱飞，警方再三找我问话，部分媒体像跟踪狂似的追着我采访，人们也义愤填膺，表达着反感之情。这些事不停上演，毫不间断。我们办公楼的外墙上被人乱写乱画，全是粗俗难听的方言和不堪入目的图案。当然，有些遗属维护着我们公司，说这是员工的个人行为，压根儿不是公司的责任，但另一些遗属却不这么认为。

我深知自己已经不可能重新开门营业了。

不过，我还是来到了公司。

夜色已降临，又不会有客人上门。我自问着，我此刻为何还留在办公室里呢？

正在这时，开门声从一楼的入口处传来。我完全猜不到来者是谁。

过了一会儿，办公室的大门打开了，馅子先生出现了。

"社长，您今天也来了啊？真是认真呀。"

他的语气和新实君还在时一模一样。

"嗯？您今天也披着长发？咱记得您工作时总是盘发的。"

"媒体那边消停了？"

我连回答的力气都没有，反过来提了个问题。

"今天下雪嘛，几乎没有媒体过来，也可能是对这桩新闻和咱家的'美女社长'都腻了。"

"只要报道对象是年轻女性，媒体总会加上'美女'两个字，而且他们对我的称呼是'蛇蝎美女社长'吧？"

我们服务过的遗属并未直接批判我们公司，但媒体将我们公司和其他同行公司的收费做了比对，谴责我们'收费过高'。其实，但凡看过收费明细，便知道这是污蔑，和新实君的所作所为毫无关系。

"我们被贴上了'黑心'的标签，让支持直葬的群体越发活跃，真对不起同行的兄弟公司啊。"

"您别介意，送别逝者的仪式肯定得花钱，不然呢？"

馅子先生嘿嘿地笑了。只有他能在经历变故后仍保持常态。

我们公司被逼得无法营业后，委托便不断涌向了馅子先生。说起来，他本就是个不属于特定公司的'自由人'，这些年虽然专门为我们公司服务，可想请他帮忙的殡葬公司多的是，纷纷表示不介意新实君的案子，只希望他能出马。于是，他每天都赶往各个葬礼现场。

他从骨子里就是吃这行饭的。即使遭遇了可怕的连环杀人案，依然不改本色。

严格说来，他的变化只有极短的一阵子。

我抬眼观察着他，问道：

"馅子先生，您之所以当个'自由人'，莫非是为了矢萩先生？他死了，您便无法只顾自己，从事一份安稳的工作……是吗？"

我小心翼翼，斟字酌句，生怕惹他不高兴。

岂料他反问道：

"矢萩？谁啊？"

"……您曾经的挚友，和新实君一样杀了很多人。"

"嗯？哦，是他啊！"

他用力点点头，拍着手继续道：

"矢萩骏辅对吧？咱都给忘了！"

"通常情况下，没人会忘了自己的挚友吧？"

"哎哟，矢萩骏辅是咱编的啦。纯属虚构。"

……

"啊？"

"就是说，世上根本没这号人。您不会真信了？"

他那双眯缝眼里满是稚气，既像是在说实话，又仿佛是在随意扯谎，试图模糊焦点。

但无论怎样，都无所谓。

"馅子先生，您实在了不起。"

"干吗突然说这种话？"

"在那种危急时刻，还能凭空捏造一个挚友出来，的确干得漂亮，口才也太好了。"

"怎么听着不像是在称赞咱？可话说回来，社长您才了不起呢。"

"我只是个故作坚强的小丫头，惨兮兮的。就算新实君不戳穿，您也很清楚我的本性吧？"

我有些自虐地说道，馅子先生则摇摇头，回答说：

"没这回事，您的优秀是货真价实的。之前新实作势要踢您的时候，您连挡都不挡一下。"

咦？

"我只交代您假装喝下麻醉剂，却没想到新实会攻击您。人在那种情况下，会本能地护住面部，然而您仅仅是闭上了眼睛，胆识过人呐。"

"……我很迟钝的，当时是吓蒙了，这才没反应。"

"不不不，您是真心想挽救新实的，不像咱，净在教唆他。"

教唆？等等，难道他搬出"矢萩骏辅"的例子是打算暗示新实君……

在我品出他的用意前，他便往下说道：

"您这样的人，就该继续从事这个行业。咱有印象，您和您父亲之间很疏远，但您还是在他的葬礼上哭了对吧？眼泪鼻涕糊了一脸，您都没擦擦，伤心得像是忘了'擦拭'这个动作。咱看着您那副模样，便想着您很有当殡葬人员的潜力。然而，在您阻止新实跳楼

殡葬公司的葬礼　　299

的那一刻，咱猛然意识到，您何止是有潜力，其实远比咱适合干这行哦。"

馅子先生的眼睛眯得更细了，目光却有别于和新实君对峙的那晚，十分温煦。

这让我回忆起了父亲的眼睛。

"要是没有葬礼，咱这种人就会忽视重要的东西，而直葬估计也将在S县渐渐普及开来。所以，请您为了咱——不对，请您能为了咱们，继续经营殡葬公司。"

"说实话，我要辜负您的期待了，您还是另谋高就吧。毕竟我们公司出了一个杀人狂，任谁都不会来委托我们办葬礼了。"

我无法直视馅子先生。

"咱也知道，不可能逼您立即下决定。只希望您能再花点时间，好好考虑一下。不过——"

我听见馅子先生打开了办公室大门的声音。

"咱觉得啊，即使没有委托，您却照样泡在公司里，说明您想继续这份儿事业。当然，您本人似乎还没意识到这一点。"

说完，他便关门离去了，我还没来得及抬起头来。

※

馅子先生离开后，我一动不动地坐在椅子里。

他真是太抬举我了，我绝非如此优秀的殡葬人员。而且还说我想继续这份儿事业，显得自己很懂我的心思似的。

过了好一会儿，我才摇摇晃晃地站起身来，走到窗边。

那个晚上，新实君差点从这扇窗户跳下去。

我望向窗外。

窗玻璃仿佛融进了夜色之中，大片的飘雪与我盘着长发的镜像也重叠在了一起。

参考资料

《葬礼概论修订版》（碑文谷创 表现文化社）

《人类为何举办"葬礼"》（碑文谷创 讲谈社）

《葬礼并非必需品》（岛田裕巳 幻冬舍）

《父亲，别说"不需要葬礼"》（桥爪谦一郎 小学馆）

《尸体在烦恼——多发性猎奇杀人案件的真相》（上野正彦 角川书店）

※

葬礼的惯例与习俗因地而异，且为便于故事展开，作者在本作中也刻意对葬礼的细节作了部分调整，若诸位在现实生活中需要办葬礼，还请务必前往可靠的殡葬公司商议。

鸣　谢

在我执笔期间，从殡葬公司的工作人员A氏处得到了诸多建议，借此机会，我想感谢其对我的帮助。此外，A氏保密意识极强，从不透露逝者及遗属的相关情报，因此本作纯属虚构，不涉及真实存在的葬礼、人物及团体，特此声明。

版权合同登记号：图字 01-2024-2494

Original Japanese title:SOUSHIKI KUMIKYOKU
© RYO AMANE 2012
Original Japanese edition published by Hara-Shobo Co.,Ltd.
Simplifiedl Chinese translation rights arranged with Hara-Shobo Co.,Ltd.
through The English Agency (Japan) Ltd. and AMANN CO., LTD., Taipei

图书在版编目（CIP）数据

葬礼组曲 /（日）天祢凉著；邢利颉译 . -- 北京：
台海出版社，2024.6
ISBN 978-7-5168-3849-5

Ⅰ.①葬… Ⅱ.①天… ②邢… Ⅲ.①推理小说 - 小说集 - 日本 - 现代 Ⅳ.① I313.45

中国国家版本馆 CIP 数据核字 (2024) 第 088519 号

葬礼组曲

著　　者：[日]天祢凉	译　　者：邢利颉
责任编辑：员晓博	封面绘制：AJisai
装帧设计：程　然	

出版发行：台海出版社
地　　址：北京市东城区景山东街 20 号　　邮政编码：100009
电　　话：010-64041652（发行、邮购）
传　　真：010-84045799（总编室）
网　　址：www.taimeng.org.cn/thcbs/default.htm
E - mail：thcbs@126.com

经　　销：全国各地新华书店
印　　刷：北京盛通印刷股份有限公司

本书如有破损、缺页、装订错误，请与本社联系调换

开　　本：880 毫米 ×1230 毫米	1/32	
字　　数：190 千字	印　　张：9.75	
版　　次：2024 年 6 月第 1 版	印　　次：2024 年 9 月第 1 次印刷	
书　　号：ISBN 978-7-5168-3849-5		

定　　价：58.00 元

版权所有　　翻印必究